AF194824

Pit Vogt
Pestbeulen

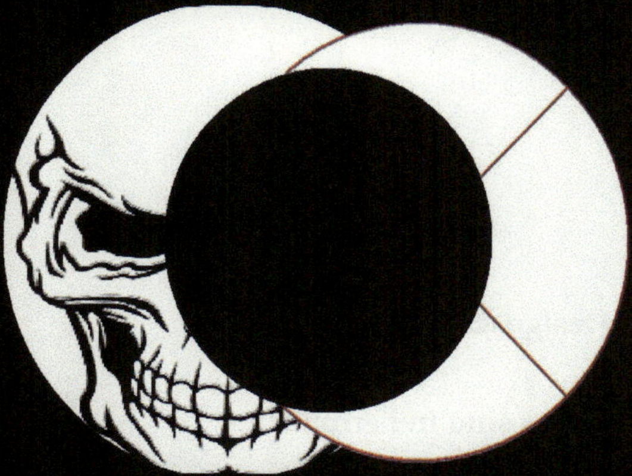

Gruselgeschichten

FSC
www.fsc.org
MIX
Papier aus ver-
antwortungsvollen
Quellen
Paper from
responsible sources
FSC® C105338

Idee, Design & Layout: P I T

Alle Stories sind frei erfunden

Impressum

Herstellung und Verlag:
BoD - Books on Demand, Norderstedt
ISBN 978-3-7528-1492-7

© 2018

Heimfahrt

Lisa war auf dem Weg von einer kleinen Geburtstagsparty, die ihre Freundin gegeben hatte, zu sich nach Hause. Es regnete und der Wind frischte ein wenig auf, doch das allerschlimmste war, dass sie durch ein dichtes Waldstück fahren musste. Es dämmerte bereits, als sie bei „Drivers Run" in den düsteren Wald einbog. Die Straße glänzte im Scheinwerferlicht, denn sie war nass und spiegelte das Licht ganz merkwürdig zurück. Weil Lisa ein wenig sonderbar wurde, legte sie sich eine CD ins Autoradio und lauschte dem leisen Blues. Plötzlich jedoch mischte sich ein anderes Geräusch, welches sich wie das Stöhnen eines alten Mannes anhörte, in die Musik. Zunächst glaubte Lisa, es sei ein Instrument, welches ja bei Blues nicht unmöglich sein mochte. Doch als es immer wieder ertönte, schaltete sie das Radio aus. Und wirklich, es war vielleicht ein sonderbarer Windhauch oder doch nur der Regen. Jedenfalls breitete sich ein monotones Stöhnen über dem Wald und der Straße aus. Lisa bekam eine Gänsehaut, was konnte das nur sein? Nervös schaute sie in den Rückspiegel, doch da war nichts. Die Straße lag schwarz glänzend hinter ihr wie das Trauerband auf einem Kranz. Irgendwie war es der jungen Mittdreißigerin gar nicht mehr so gleichgültig wie eben noch. Doch sollte sie ausgerechnet hier anhalten? Sollte sie in einer völlig unbekannten Gegend, die nicht einmal den allerbesten Ruf bei den Leuten hatte, einfach so den Wagen stoppen? Sie tat es, wollte der Sache auf den Grund gehen. Und so fuhr sie in einer kleinen Schneise von der Straße ab und hielt an. Jetzt hörte sie es ganz genau, dieses gruselige Geräusch, als wenn jemand vor Schmerzen stöhnte. „Ha", es wollte einfach nicht mehr enden. Lisa spürte ein leichtes Zittern, und als sie in den dunklen Wald hineinschaute, glaubte sie, rote Lichtblitze zwischen den Bäumen zu erkennen.  Jetzt bekam sie Angst, sprang schnurstracks in ihren Wagen und startete den Motor. Mit quietschenden Reifen raste sie los und glaubte sich schon in Sicherheit. Aber da beugten sich urplötzlich die Wipfel der Bäume zur Straße herab und versperrten ihr den Weg. Sie bremste scharf und verriss das Steuer. Der Wagen gehorchte ihr nicht mehr und kam von der Fahrbahn ab. Zwischen Sträuchern und Büschen kam er schließlich zum Stehen und bewegte sich nicht. Lisa starrte auf die dicht stehenden Bäume um sich herum und fürchtete sich sehr. Das Stöhnen war nun so deutlich, dass sie glaubte, jemand wäre neben ihr. Und warum hatten sich die Wipfel eigentlich so plötzlich auf die Straße gebeugt? Panisch verriegelte sie die Wagentüren und rutschte ängstlich unters Armaturenbrett. Immer wieder hörte sie es, dieses „Ha", welches so unheimlich war, wie diese gesamte unbegreifliche Situation. Wollte sie nicht längst daheim sein? Mit zitternden Händen kramte sie ihr Mobiltelefon aus ihrer Handtasche und wollte ihre Freundin anrufen. Doch als sie aufs Display schaute, bemerkte sie, dass sie gar kein Funknetz hatte. Natürlich war ihr klar, dass es hier in diesem Wald nur selten ein Funknetz gab, aber was sollte sie nur tun? Plötzlich beugten sich die Wipfel der umstehenden Bäume noch weiter herab und der Wagen mit der darin befindlichen jungen Frau löste sich einfach in Luft auf.  Als er verschwunden war, ertönte noch einmal dieses mysteriöse, unheilvolle Stöhnen: „Ha." Dann wurde es still und die Bäume standen so, wie sie immer standen. Nur ein leichter Wind verfing sich in den Ästen und der Regen tropfte auf die einsame Waldstraße, als wenn er die Spuren der letzten untrüglichen Minuten verwischen wollte.

Verschollen

Als der letzte Schüler der Gymnasialklasse in den Zug eingestiegen war, schloss der Schaffner die Tür und blies inbrünstig in die Pfeife, um dem Zug das Abfahrtsignal zu geben. Langsam setzte sich die Lok mit ihren zwei Waggons in Bewegung, und die Schüler saßen müde an den Fenstern und waren schon zu kaputt, um sich noch endlos lange zu unterhalten.  Einige schliefen bereits, als der Zug in ein dichtes Waldstück bog. Er fuhr sehr langsam und der Zugbegleiter trottete gelangweilt durch den Wagen, um die Fahrkarten zu kontrollieren. Es musste auf der Höhe von „Drivers Run" gewesen sein, als der Zug plötzlich hielt. „Merkwürdig", zischte der Zugbegleiter, „hier haben wir sonst nie angehalten!" Ungläubig schauten die Schüler aus den Fenstern, doch sie konnten nichts Genaues erkennen. Da sprang der Lokführer von seiner Diesellokomotive und rief: „Ein Baum liegt auf dem Gleis! Wenn ihr mal helfen könntet!" Die Schüler, die auf einmal gar nicht mehr so müde waren, fanden das sehr aufregend und spannend und sprangen aus dem Waggon, um zusammen mit dem Lokführer und dem Zugbegleiter den schweren Stamm beiseite zu rollen. Es gelang und schon waren alle wieder im Zug, um endlich weiterzufahren. Doch nichts passierte, dafür aber erklang ein unheilvolles Geräusch. Es hörte sich an wie ein lautes Stöhnen, dass sich wie ein unsichtbarer Wurm durch

9

den umliegenden Wald und über die Baumwipfel schob, bis es schließlich wie ein böser Geist durch den gesamten Zug kroch.

Das Licht in den Waggons begann zu flackern und der Zugbegleiter konnte sich auch nicht erklären, was da vor sich ging. Draußen war es stockdunkel geworden und nur das immer lauter werdende Stöhnen konnte man noch hören. Die Schüler, die eben noch glaubten, alles wäre in Ordnung, gerieten in große Angst. Plötzlich bogen sich die Wipfel der am Bahndamm stehenden Bäume zum Zug herab und hüllten ihn vollständig ein. Es dauerte keine fünf Sekunden, da hatte sich der gesamte Zug in Luft aufgelöst und es wurde wieder still. Nur der Wind verfing sich im Geäst der Bäume als sei gar nichts geschehen. Diesmal allerdings schien etwas anders, denn niemand hatte bemerkt, dass Jimmy, ein Schüler aus dem eben noch vorhandenen Zug, fehlte. Er hatte sich im Wald umgeschaut, wollte wissen, woher das seltsame Stöhnen gekommen war und fand sich in der Dunkelheit nicht mehr zurecht. Als er am Bahndamm stand, verstand er die Welt nicht mehr. Sein Zug war weg, aber wie war das nur möglich? Eben noch war er doch noch da und so schnell fuhr die Bahn ja nun auch nicht. Nachdenklich und fröstelnd setzte er sich auf das Gleis und starrte in die Dunkelheit. Was sollte er nur tun, vielleicht nach Hause laufen? Aber er wusste ja gar nicht, wie weit das noch war. So fand er, dass er sich im Wald umsehen könnte, um im dichten Buschwerk die Nacht abzuwar-

ten. Es hatte ohnehin keinen Zweck, in der Dunkelheit umherzuirren. Glücklicherweise hatte er seinen Rucksack auf dem Rücken. Darin befanden sich noch ein paar belegte Brote und eine Flasche Mineralwasser. Damit würde er schon irgendwie auskommen und so lief er los. Es war schon beschwerlich, sich den Weg durchs Gestrüpp zu bahnen, aber dann glaubte er, einen schwachen Lichtschein zu sehen. Doch nein, es waren rote Lichtblitze, die ganz schwach durchs Geäst flackerten. „Da muss jemand sein", dachte er sich und lief geradewegs darauf zu.

Als er einen dichten Busch auseinanderdrückte, sah er es, dieses winzige alte Holzhaus, aus dessen kleinen Fensterchen rotes flackerndes Licht wie der Schein einer Laterne herausfiel. Erleichtert lief der Junge bis vor die Tür und hielt dann doch inne. Irgendwie schien ihm das Ganze nicht geheuer zu sein, und so lief er erst mal ganz vorsichtig um das Häuschen herum. An einem der kleinen Fenster blieb er stehen und schaute neugierig ins Innere. In dem kleinen Raum befand sich nicht viel; nur ein paar alte Möbel, eine Truhe und ein alter Lehnsessel, in dem tatsächlich jemand saß. Es war ein alter Mann, der wohl ein wenig schlief, denn er hatte seine Augen geschlossen. Doch gerade als Jimmy an das Fenster pochen wollte, um sich bemerkbar zu machen, öffnete der Alte seine Augen. Jimmy erschrak fürchterlich, denn es waren keine menschlichen Augen, die da in seine Richtung schauten! Es waren zwei stechende rote Lichter, die in Jimmys

11

Richtung starrten und dabei flackerten wie ein Warnlicht! Der aufgeregte Junge versteckte sich schnell unterhalb des Fensters und glaubte schon, der Alte hätte ihn längst bemerkt. Doch dem schien nicht so zu sein, denn es kam niemand. Dafür drang wieder dieses sonderbare Stöhnen an Jimmys Ohren. Er fürchtete sich wirklich sehr, und er wusste auch nicht so genau, was er tun sollte. Allerdings musste er schnellstens sehen, dass er unbemerkt von hier verschwand. Da knarrte die hölzerne Tür und der Alte erschien. Hatte er Jimmy doch bemerkt, dann wäre wohl alles verloren! Der Alte aber schritt geradewegs auf einen dicken Baum zu und sprach: „Öffne dich und gib mir das, was du heut gefangen hast!" Augenblicklich öffnete sich die Erde und gab den Blick auf etwas frei, dass Jimmy nicht glauben konnte. Es war ein Kanalsystem, welches offenbar alle Bäume des Waldes miteinander zu verbinden schien. Lange rote und blaue Fasern verbanden die Wurzeln der Bäume und es war, als wenn durch all diese Fasern und Leitungen irgendeine Flüssigkeit strömte. Wie konnte so etwas nur sein? Sollte am Ende gar der gesamte Wald unterirdisch mit diesen Fasern und Leitungen verbunden sein? War am Ende der gesamte Wald nur ein künstlich angelegtes Areal? Jimmy spürte, wie sein Herz bis zum Halse pochte. Er zitterte vor Angst und glaubte sich schon in der tiefsten Hölle. Doch da verschwand der Alte in der Erde, die sich hinter ihm langsam wieder zusammenschob. Erleichtert atmete Jim-

my auf, doch wie sollte er unerkannt von diesem unheiligen Ort verschwinden? Neben der Holzhütte entdeckte er ein Motorrad. Das musste dem Alten gehören, und weil er bereits Motorrad fahren konnte, schlich er sich dorthin und schwang sich darauf. Er wusste, wie man eine solche Maschine kurzschloss und das tat er auch. Augenblicklich heulte der Motor auf und sogleich öffnete sich auch die Erde und der Alte stürmte wutschnaubend heraus. Zischend und schreiend rannte er auf Jimmy zu, doch der war schneller.  Er gab der Maschine die Sporen und raste auf den kleinen Waldweg vor der Hütte. Der Alte schien allerdings auch ziemlich schnell zu sein und jagte wie ein Wirbelwind dem Motorrad hinterher. Jimmy schaffte es, den Alten abzuschütteln und auch das merkwürdige Stöhnen hielt ihn nicht mehr auf. Dafür senkten sich die Wipfel der Bäume auf den Waldweg herab und Jimmy glaubte sich bereits verloren. Aber er schaffte es, aus dem Wald zu entkommen, noch bevor die Baumkronen den Waldweg versperrten. Schließlich gelangte er auf eine Asphaltstraße, die irgendwann an einem Motel vorüberführte. Dort hielt er an und schaute sich ängstlich um. Von dem Alten und dem sonderbaren Wald war nichts mehr zu sehen und zu hören.

In der kleinen Gastwirtschaft allerdings wunderte man sich über den aufgeregten Jungen und gab ihm erst einmal ein Nachtlager und eine Kleinigkeit zu essen. Jimmy war hundemüde und legte sich alsbald ins Bett, wo er sofort einschlief. Irgendwann rüttelte ihn jemand ziemlich heftig an der Schulter, und als er seine Augen öffnete, starrte er ungläubig in das liebevolle Gesicht einer recht vertrauten Person. Es war seine Mutter, die neben seinem Bett stand und ziemlich besorgt zu sein schien. Jimmy stotterte nur herum: „Was ist passiert? Warum bist du hier, in diesem Motel?" Die Mutter schien die merkwürdige Frage nicht zu verstehen. „Welches Motel? Du bist daheim in deinem gemütlichen, warmen Bettchen. Wie geht es dir, mein Schatz?" Jimmy verstand gar nichts mehr und Stück für Stück kehrten seine vermeintlichen Erinnerungen zurück. Diese Klassenfahrt, der bedrohlich düstere Wald, das Stöhnen, dieser sonderbare Alte – es war doch alles so unglaublich real. Doch seine Mutter beruhigte ihn und meinte, dass die Klassenfahrt erst bevorstand. Sicher hatte ihr aufgeweckter Sohn alles nur geträumt. Einige Zeit später ging es ihm schon erheblich besser und er saß am Frühstückstisch und schaute neugierig aus dem offenen Küchenfenster. Die Sonne stand schon hoch am Himmel und es versprach ein schöner Sommertag zu werden. Gleich würde er in die Schule gehen, da tönte eine sonderbare Meldung aus dem Radio: „Seit drei Tagen wird eine junge Frau mit Namen Lisa M. vermisst. Sie war mit ihrem Wagen in einem entfernten Waldstück unterwegs, bevor sich ihre Spur verlor. Außerdem brach der Kontakt zu einer Schulklasse abrupt ab, die ebenfalls in diesem Wald unterwegs gewesen war."

Wie versteinert saß Jimmy am Tisch und starrte erschrocken aus dem Fenster.

Plötzlich war alles wieder ganz nah und doch glaubte er, dass er alles nur geträumt hatte. Wie konnte so etwas nur möglich sein? Eine Antwort gab es nicht. Nur kam plötzlich aus dem nahen Wäldchen am Haus solch ein merkwürdiges Geräusch, und es hörte sich an, als wenn die Bäume stöhnten und sich ihre Wipfel über dem Haus merkwürdig knisternd zu beugen begannen …

Das Böse

Vor langer Zeit, als sich die Erde noch entwickelte und es noch keine Menschen gab, hatte es sich zugetragen, dass aus den schwarzen Tiefen des Universums eine riesige Hand durchs Universum fuhr. Es war das Böse, das nach dem Guten suchte, um es zu vernichten. Wer die Hand lenkte war nicht zu erkennen. Doch sie bewegte sich stetig und ohne Unterlass durch die unergründlichen und unermesslichen Weiten der zahllosen Galaxien. Schließlich traf sie auf die noch junge Erde und sie sah, wie dutzende Vulkane auf ihr eine Atmosphäre begannen zu bilden. Die Hand spürte, dass es das Leben war, das sich auf diesem kleinen Planeten herausbildete. Sie fühlte, dass es das Gute war, dass da entstand und sie wollte es vernichten. Schon holte sie zum vernichtenden Schlag aus und zielte geradewegs auf den Planeten. Doch die stetige Bewegung des Planeten um die Sonne bewirkte, dass die Hand den Planeten leicht verfehlte und nur ein Stück des Planeten abschlagen konnte. Sie glaubte jedoch, den Planeten für immer vernichtet zu haben und zog sich in die Tiefen des Universums zurück. Dorthin, woher sie einst gekommen war. Die beiden Bruchstücke des Planeten, ein kleines und ein großes, trieben seitdem umeinander und es formten sich über Millionen von Jahren die Erde und der Mond. Er umkreist den Planeten und zieht wie ehedem die Meere an und lässt sie wieder

frei. Man nennt dieses Phänomen Ebbe und Flut und immer, wenn Menschen traurig oder glücklich sind, schauen sie sehnsuchtsvoll in den schwach leuchtenden Mond und haben Tränen in den Augen. Und immer dann, wenn sich auf der Erde das Böse formiert, um zum Schlag gegen das Gute zu wappnen, gleitet der Mond darüber hinweg und versucht, alles wieder zu glätten.

Es war im Jahr 2222, als sich die Menschen derart verstritten hatten, dass sie nicht mehr gemeinsam auf der Erde leben konnten. Die Bösen vertrieben die Guten, die fortan auf dem Mond ihre Zuflucht fanden. Doch der Mond war viel zu klein für all die vielen guten Menschen und sie wollten wieder zurück auf die Erde. Doch die bösen Menschen hatten Waffen entwickelt, die mit ihrer verheerenden Wirkung alles Leben vernichten konnten. Deswegen gelang es den Guten nicht, die Erde wieder zu bevölkern. Traurig lebten sie in ihren engen kleinen Mondstädten und mussten zusehen, woher sie die Rohstoffe zur Energiegewinnung und letztendlich zur Bewirtschaftung des toten Mondgesteins beschafften. Immer weiter gelangten sie bei ihrer Suche ins Universum und irgendwann stießen sie auf ein Areal, welches von Ferne wie eine unfassbar große, leuchtende Gaswolke aussah. Die Raumfahrer begriffen nicht, was es war und flogen mitten in die Gaswolke hinein. In einer wabernden Masse entdeckten sie eine riesige schwarze Hand. Sie lag regungslos in der schmatzenden Masse und die Raumfahrer glaubten, es sei lediglich eine überdimensionale Gesteinsformation, die vollkommen gefahrlos war. Doch sie irrten gewaltig, denn die vermeintliche Gesteinsformation war die Hand des Bösen, die nur auf die guten Menschen gewartet zu haben schien. Als die Raumfahrer über sie hinweg glitten, holte sie aus und schnappte nach dem Raumschiff der Menschen. Nur einem Zufall war es zu verdanken, dass das Raumschiff dieser Hand entkommen konnte. Doch es war schwer beschädigt worden und kaum noch manövrierfähig. Es trieb durch die dichte Gaswolke und hatte vollkommen die Orientierung verloren. Die Raumfahrer glaubten, ihre Heimat, den Mond niemals mehr wieder zu sehen. Doch es war ganz seltsam- sie entdeckten, dass die schwarze Hand ihren Ursprung in einem riesigen schwarzen Loch hatte, welches sich im Zentrum der fremden Galaxis befand. Das musste der Zugang zur Hölle, zum Teufel sein. Wenn es den Menschen gelänge, diesen Zugang für immer zu verschließen, dann könnte diese Hand auch nicht mehr leben und das Böse wäre für alle Ewigkeiten besiegt. Aber wie konnte man ein solch riesiges kosmisches Objekt wie dieses schwarze Loch verschließen? Es schien vollkommen unmöglich und mit den Mitteln, die die Menschen zur Verfügung hatten, unerreichbar. Da wurden die Raumfahrer so traurig, dass sie bitterlich weinten. Sie konnten sich einfach nicht mehr beruhigen und weinten hundert Tage und hundert

Nächte und irgendwann hatten sie so viele Tränen geweint, dass die Automatik des Raumschiffes all diese Tränen nicht mehr in verwendbares Wasser umwandeln konnte oder gar anderweitig zu verarbeiten vermochte. So musste all das salzhaltige Tränenwasser ins All abgelassen werden. Ein riesiger Schwall ergoss sich in die Schwerelosigkeit des Raumes und zerfiel in die kleinsten Kristalle. Da es derart viele Tränen waren, war es auch ein riesiger Kristallschwall, der durchs All flog. Wie magisch wurde er von dem starken Schwerefeld des „Schwarzen Loches" angezogen und drang schließlich wie ein scharfer Pfeil in dieses Loch ein. Doch da geschah etwas Seltsames. Die Myriaden von Kristallen, welche die guten Menschen einst geweint hatten, vermochten sich nicht mit dem Bösen in diesem schwarzen Loch zu verbinden. Es war, als würde Antimaterie auf Materie treffen und eine unglaublich heftige Explosion vernichtete das schwarze Loch. Das gesamte Areal wurde neutralisiert und die Hand verging bevor sie die guten Menschen vernichten konnte. Sie verschwand einfach wie das „Schwarze Loch" in der Unendlichkeit. Augenblicklich löste sich die Gaswolke auf und verfrachtete durch die Wucht ihrer Explosion das manövrierunfähige Raumschiff der guten Menschen zum Erdmond zurück. Dort hatte sich bereits Merkwürdiges ereignet. Der Mond war auf die Erde gestürzt und hatte sich mit ihr vereinigt. Der einstige Zauber der bösen Hand war durch die Vernichtung des

19

„Schwarzen Loches" beseitigt worden und es gab keine Trennung mehr. Das Gute hatte gesiegt und die Menschen lebten fortan in Ruhe und Frieden, in Eintracht und Liebe miteinander auf der blühenden, fruchtbaren Erde. Als eines fernen Tages ein junger Astronom die Grenzen des Universums untersuchte, stellte er eine sonderbare Erscheinung fest. Am Rande des Universums, am Rande aller Zeiten hatten sich mysteriöse Schatten formiert, die vor sich hin pulsierten wie die Zeiger einer überdimensionalen Uhr. Der Astronom konnte sich das nicht erklären, waren doch nach dem Zerbersten des „„Schwarzen Loches"" auch alle übrigen „Schwarzen Löcher" des Universums vernichtet worden. Doch als er genau hinsah und die Leistung des Teleskops noch ein wenig verstärkte, erstarrte er vor Schreck. Was er dort draußen am Rande des Universums erblickte, waren die Fingerkuppen einer unfassbar riesigen Hand, die das gesamte Universum in sich zu tragen schien …

Der Turm

Die Millionärswitwe Agnes wollte sich an jenem regnerischen Donnerstag auf den Weg zu ihrem Bankhaus begeben. Da sie nicht mehr sehr jung war, fühlte sie sich nicht sehr wohl. Doch das schien sie nicht zu stören.  Denn noch am Morgen entließ sie auf telefonischem Wege einen ihrer Geschäftsführer, der ihr angeblich zu langsam arbeitete. Nachdem sie bereits die Hälfte ihres Bankhauses unter fadenscheinigen Gründen aus dem Hause gejagt hatte, musste sie nun endlich nach dem Rechten sehen. Und auch, wenn sie das überhaupt nicht wollte und bei diesem schlechten Wetter viel lieber in ihrem Schloss vor dem Kamin sitzen würde, trieb sie ihre Unruhe hinaus. Sie ließ sich von ihrem Diener Paul die lange schwarze Stretch-Limousine vor die Tür fahren und wartete nur noch auf den Schirm, den Paul über ihr stark geschminktes Haupt zu halten pflegte. Paul erschien und Agnes ließ sich stöhnend und vor sich hin schimpfend auf die weichen Lederpolster der Rückbank ihres Fahrzeuges fallen. Dann rief sie nur noch: „Worauf warten Sie noch? Wollen Sie hier herumstehen, bis ich tot aus dem Wagen falle" und Paul fuhr los. An diesem Tage jedoch schien sich alles gegen sie verschworen zu haben. Viele Straßen waren wegen Überschwemmungen gesperrt und Paul musste einen riesigen Umweg fahren. Leider verfuhr er sich derart, dass er den Wagen erst vor einem Waldstück, wo es nicht mehr weiterging, zum Stehen brachte. Agnes schob das schwarze Gardinchen am Fenster beiseite und rief: „Seit wann befindet sich meine Bank im Wald?" Paul wollte noch etwas zu seiner Rechtfertigung einwerfen und auf die Umleitungen hinweisen, doch Agnes rief wütend: „Was sagen Sie da? Sind Sie verrückt? Wollen Sie mich etwa entführen? Öffnen Sie den Wagen! Wenn Sie nicht fähig sind, die Bank zu finden, muss ich eben laufen! Und Sie tragen meine Laptoptasche! Na los … ich bin nicht zum Schlafen hier!" Paul sprang aus dem Wagen und öffnete die Tür. Agnes stieg stöhnend aus und Paul hielt den Schirm über sie. Augenrollend und schlecht gelaunt lief Agnes los, allerdings geradewegs in den Wald. Paul wagte nicht, etwas zu sagen, und Agnes hätte ihm vermutlich gehörig ihre Meinung gesagt. Sie liefen und liefen und schienen sich immer noch mehr zu verlaufen. Schließlich meinte Paul, dass er mal dringend müsste. Agnes fauchte ihn an, er sollte sich gefälligst beeilen. Und als Paul hinter den Bäumen verschwand, schaute sich Agnes ein wenig unsicher um. Noch nie war sie allein in einem Wald und noch niemals fühlte sie sich so schlecht wie an diesem kalten Nachmittag. Als Paul nach zehn Minuten noch immer nicht zurückkehrte, rief Agnes laut: „Paul, wo blieben Sie denn! Ich darf Sie daran erinnern, dass wir etwas vorhaben! Außerdem könnte ich Sie entlassen, wenn Sie streiken! Ich habe Ihnen schon tausendmal gesagt, dass es nicht mehr Gehalt gibt!" Es kam

jedoch keinerlei Antwort. Paul war nirgends zu sehen und die seltsame Stille, die nur vom Wind, der sich zwischen den Bäumen des Waldes verfing, unterbrochen wurde, ließen Agnes ängstlich werden. „Paul", rief sie laut, „sind Sie noch da, Paul!" Doch es kam keine Antwort. Agnes wusste nicht so genau, was sie tun sollte. Sollte sie in  die entgegen gesetzte Richtung laufen, um zum Wagen zurück zu kommen? Aber wo war die entgegen gesetzte Richtung? Sie wusste ja nicht einmal, wo sie war, geschweige, wo sie hergekommen war. Sie verzog ihr Gesicht und lief los. Das Gebüsch wurde immer dichter und der Regen immer stärker. Es gab keinen Weg und Agnes musste sich durchs Unterholz kämpfen. Irgendwann war sie derart aus der Puste gekommen, dass sie sich auf einen Baumstumpf setzte um zu verschnaufen. Das seltsame Knacken, welches aus allen Richtungen an ihre Ohren drang, war kaum noch auszuhalten. Als sie das Gebüsch vor sich ein wenig auseinanderdrückte, sah sie zwischen den hohen Bäumen des Waldes einen rätselhaften Turm. Er sah so merkwürdig aus, dass sie neugierig wurde. Doch sie fürchtete sich auch. Sollte sie dorthin gehen? Es half nichts, sie musste es wagen, denn sie fror und es wurde immer dunkler. Es brachte gar nichts, wenn sie in der Dunkelheit nach dem Wagen suchte. Außerdem würde sie an diesem Abend ganz sicher nicht mehr in die Bank kommen. Ein wenig nervös zog sie ihr Handy aus der Manteltasche. Und natürlich hatte sie kein Netz. Ärgerlich schob sie das Handy in die Manteltasche zurück. Als sie sich von dem kalten Baumstumpf erhob, spürte sie, wie ihr sämtliche Knochen und Gelenke schmerzten. Ihre Kleider hatten die Grenze ihrer Schutzfunktion, die Nässe abzuhalten, längst überschritten. Andauernd musste sie niesen und sie fühlte sich so richtig schlecht. Mühsam war der Weg durchs sperrige Unterholz. Doch plötzlich lichtete sich das Gebüsch und sie stand vor dem sonderbaren Turm. Er war ebenso hoch wie die umstehenden Tannen und besaß eine Kanzel ganz oben. Agnes ging zu der schmalen rostigen Metalltür. Sie ließ sich mühelos öffnen und im Inneren des winzigen Treppenhauses, führte eine rostige Wendeltreppe nach oben. „Auch das noch! Auch noch Treppensteigen! Die hatten wohl mal wieder kein Geld für einen Lift oder so was", rief Agnes laut und stieg die knackenden Stufen nach oben! Da sie kaum noch etwas erkennen konnte, holte sie ihre kleine Taschenlampe aus ihrer Aktentasche. Der Wind hatte sich unterdessen in einen heftigen Sturm verwandelt und erzeugte im Inneren des Turmes ein merkwürdiges Geräusch. Es pfiff und dröhnte und Agnes schaute sich ständig um, denn sie hatte das Gefühl, verfolgt zu werden. Vielleicht hätte sie die Tür nach einem Riegel untersuchen sollen? Als sie endlich oben war, staunte sie. Denn sie stand in einem kleinen Raum mit großen Fenstern, in dem kleine alte Holzstühle an einem winzigen Tisch standen. Darauf thronte ein uralter schmiedeeiserner Kerzenleuchter. Agnes hol-

te ihr Feuerzeug aus der Tasche und zündete die Kerzen an. Welch ein gemütliches Licht die Kerzen erzeugten – Agnes war beeindruckt. Sogar einen Schrank gab es dort. Sie öffnete ihn und staunte noch mehr. In seinem Inneren lagen einige Konserven und einige Flaschen Wein. Agnes nahm eine Flasche und las das Etikett – es war ein 74er Bordeaux.  Da sie durstig war und gegen einen Schluck Rotwein nichts einzuwenden hatte, suchte sie in ihrer Handtasche nach ihrem kleinen Besteck, welches sie für alle Fälle stets bei sich trug. Sie fand es und öffnete die Weinflasche. Im Schrank entdeckte sie mehrere Gläser. Sie nahm eines aus dem Schrank und füllte es mit dem köstlichen Nass. Als sie das Glas geleert hatte, vernahm sie plötzlich ein Geräusch. Sie schaute aus dem Fenster, doch es war bereits so dunkel, dass sie nichts erkennen konnte. Außerdem schien draußen ein entsetzlicher Orkan zu toben. Es pfiff und dröhnte, dass sie Angst hatte, der schmale Turm könnte diesen Naturgewalten nicht standhalten. Als das Geräusch immer deutlicher zu hören war, wollte Agnes die Kerzen ausblasen, um nicht entdeckt zu werden. Doch da vernahm sie eine Stimme: „Hallo! Ist da jemand, hallo!" Es war eine Frauenstimme und Agnes war erleichtert. „Ja, hier oben! Kommen Sie ruhig rauf, hier gibt's sogar Wein", rief Agnes zurück. Stöhnend erschien der Kopf einer Frau, die wohl im gleichen Alter wie Agnes sein musste, hinter dem rostigen Treppengeländer. „Kommen Sie ruhig rein", rief Agnes ungerührt,

„ich habe schon eine Flasche Wein aufgemacht!"
Die fremde Frau wischte sich das Regenwasser
aus dem Gesicht und stand erschöpft im Raum.
Agnes schaute sie verständnislos an und rief
dann: „Na worauf warten Sie noch? Kommen Sie
und machen Sie es sich bequem! Ich schenke
Ihnen mal ein Glas ein!" Die fremde Frau rang
sich ein unsicheres Lächeln ab und sagte dann:
„Da ist ja nett, übrigens, mein Name ist Senta,
Senta Krause. Ich habe mich verlaufen, wollte
Pilze suchen, bin ja eigentlich nur zur Kur in der
Gegend. Aber wo ich jetzt bin, keine Ahnung!"
Agnes schaute die verlegen wirkende Dame an
und kicherte. Sie hatte wohl schon ein wenig zu
viel getrunken und zog sich ihren langen
schwarzen Mantel aus. Dann zupfte sie sich ihre
aufwendige Haarfrisur zurecht und widmete
sich wieder ihrer Flasche. Senta nahm das volle
Glas und trank ebenfalls, bis das Glas leer war.
Dann lehnte sie sich zurück und sagte: „Ach ja,
hier ist ja so richtig gemütlich. Doch dieser Turm
ist wirklich merkwürdig. Dass hier mitten im
Wald so ein Turm steht find ich ja witzig." Agnes
verzog mal wieder ihr Gesicht und wusste nicht
so recht, was sie dazu sagen sollte. Aber schweigen wollte sie auch nicht. Sie verspürte plötzlich
Lust und Laune, sich mit dieser fremden Frau zu
unterhalten. Außerdem war sie sich sicher, dass
sie diese vermeintliche Senta sowieso nie wieder-
sehen würde, wenn sie sich nach dem Unwetter
wieder trennten. Und sie erzählte Senta von ih-

rem Leben, von ihrer Bank und von ihrem unzuverlässigen Diener Paul.

Senta staunte, dass Agnes so eine einflussreiche und reiche Frau war. Sie hatte ein etwas anderes Leben. Und sie spürte ebenfalls ein seltsames Gefühl in sich, endlich einmal darüber zu sprechen. Sie erzählte von ihrem untreuen Ehemann, der weit entfernt in der großen Stadt lebte und auf den Hund aufpassen musste.  Allerdings war das vermutlich auch schon zu viel von ihm verlangt, denn er konnte sie ja nicht einmal vor den neidischen Angriffen der Nachbarn schützen, die sie ständig beschimpften, weil sie sich mal etwas Neues gekauft hatte. Schon lange hatte sie vor, die Wohnung auf Nimmerwiedersehen zu verlassen. Sie hatte endgültig genug von dieser piefigen Spießigkeit dieses kleinkarierten Wohngebiets. Und nun, wo sie zur Kur war, hatte sie sich beim Pilze suchen verlaufen. Die beiden Frauen schauten sich schweigend an. Sie wussten wohl nicht so genau, was sie voneinander halten sollten. Und sie wussten auch nicht, ob sie lachen oder weinen sollten. Sie fanden sich nicht langweilig und fühlten sich irgendwie mit einander verbunden. Als Agnes plötzlich anfing laut zu lachen, konnten sich die beiden einfach nicht mehr beruhigen. Sie schütteten sich regelrecht aus vor Lachen und sie vergaßen ihre so unterschiedlichen Lebenswege und den Sturm, der bedrohlich um diesen mysteriösen Turm tobte. Als sie ein Geräusch vernahmen, welches so gar nicht zu dem Sturmgeheul zu passen schien, wurden sie abrupt mucksmäuschenstill. Wer konnte das nur sein? Ein neuer Gast? Es war ein alter Mann, der da die Treppe hoch gestiegen kam. „Ich sehe, die Damen haben sich bereits eingerichtet", sagte der Alte. Die beiden Frauen wunderten sich über den alten Mann, denn der sah recht merkwürdig aus. Er trug einen grauen Umhang, der irgendwie einem Mantel ähnlich zu sein schien, und seine Haare waren nass und strähnig. Offensichtlich schien der Alte in dem Turm zu leben. Der Alte griff zielsicher nach einer neuen Weinflasche und legte ein frisches Brot auf den Tisch. Er goss sich ein Glas mit dem köstlichen Rotwein ein und trank es in einem Zug aus. Und er schien eine Menge zu vertragen, denn auch nachdem er die halbe Flasche geleert hatte, merkte man ihm nicht an, dass er so viel getrunken hatte. Er setzte sich auf einen Stuhl und zündete sich ein Pfeifchen an. Agnes schien das ganz und gar nicht zu gefallen. Sie fuchtelte wild mit ihren Händen in der Luft herum und rief: „Sehen Sie nicht, dass sich Damen in ihrem heruntergekommenen Loft aufhalten? Nun hörten Sie schon auf zu paffen, Sie unverschämter Kerl!" Der Alte nahm die Pfeife aus dem Mund und blies Agnes eine ordentliche würzige Tabakwolke um die Nase und legte die Pfeife dann auf den Rand eines herumstehenden Tellers. „Recht so, Lady", sagte er dann frech. Agnes wollte gerade eine neuerliche Beleidigung loswerden, da fiel ihr der Alte ins Wort: „Ach übrigens, ich bin John! Ich lebe hier in diesem Turm."

28

Die beiden Damen stellten sich ebenfalls vor und plötzlich schien das Eis gebrochen zu sein. Alle erzählten sich von ihrem Leben. John meinte, er sei in diesem Wald als Jäger unterwegs. Doch in seinem früheren Leben besaß er angeblich mal eine Baufirma. Die ging ein und weil er kein Geld mehr hatte, entdeckte er diesen Turm. Er meinte, dass er nicht wüsste, wer diesen Turm einst erbauen ließ. Doch sein spitzbübisches Grinsen ließ vermuten, dass er es wohl nur nicht sagen wollte. Vermutlich hatte er selbst dieses sonderbare Bauwerk errichtet. Als Senta von ihrem Ehemann erzählte und plötzlich in Tränen ausbrach, wurde John sehr ernst. Dann sagte er leise: „Manchmal glauben wir, alles habe sich gegen uns verschworen. Doch das ist gar nicht so. Wir haben nur verlernt, zu kämpfen, weil wir uns irgendwann mit den Dingen abgefunden haben. Wir sind jedoch Lebewesen, die kämpfen müssen. Wir können nicht stillstehen. Und deswegen solltest auch Du weiterkämpfen. Und vor allem lebe endlich Dein eigenes Leben und nicht das Deines Mannes. Es ist ganz einfach und Ihr müsst Euch auch gar nicht trennen. Aber Du musst Dich viel mehr auf Dein Leben konzentrieren. Dein Mann wird schnell merken, dass er allein dasteht. Doch bedenke, dass Du nicht dafür da bist, seine Wunden zu lecken." Senta schaute den Alten an und wischte sich die Tränen aus dem Gesicht. Wie hatte er das nur gemeint? Sie konnte doch nicht so einfach, oder doch? Sollte sie es nicht wenigstens mal versu-

chen? Dann würde sie ja sehen, ob sie sich gut dabei fühlte. Für Agnes war das einfach zu viel Gefühlsduselei und sie rief: „Papperlapapp! Was soll denn dieser Blödsinn! Du solltest lieber anfangen, Geld zu machen anstatt Deinen langweiligen Ehemann zu bekehren! Was zählt sind die Ziffern vor dem Komma, dann findest Du auch den richtigen Kerl!" Senta starrte entsetzt zu Agnes, doch der Alte nahm wieder seine Pfeife vom Tellerrand und paffte schweigend seinen würzigen Tabak. Dann blies er Agnes den Rauch um den Kopf, dass die sich genervt die Augen rieb und sagte dann gelangweilt: „Sie haben wohl noch nie einen Mann gehabt, was?" Agnes war wie erstarrt. Was erdreistete sich dieser alte Mann da? Was wusste der schon von ihrem Leben und von ihrem stetigen Run nach dem Geld? Der war doch arm wie eine Kirchenmaus. Und sie hustete einige Male, bevor sie schließlich zum Gegenschlag ausholte: „Ich war dreimal verheiratet, Sie Armleuchter! Glauben Sie mir, ich kenne die Männer. Viel zu genau, leider! Betrogen wurde ich und jetzt reicht's!" John kicherte in sich hinein und Agnes wusste nicht, wie sie das deuten sollte. Dann sagte er, während er seinen Kopf hin und her wiegte: „Ach Mädel, Du bist schon eine. Du solltest nicht andauernd nur dem Geld hinterherrennen. Das hat doch keine Seele. Es hat kein Herz und keinen Verstand. Es ist nur Geld, schnödes eiskaltes und nicht fühlendes Geld. Mehr nicht. Und wenn Du keines mehr hast, kommt's auf Dich an. Und? Wie sieht's da

aus? Hast Du sonst noch was, außer Deinen Kontostand auf die Waage zu legen?" Agnes war sprachlos und Senta schaute den Alten interessiert an. Wie hatte er das gemeint – was sollte Agnes auf die Waage legen? Sie ahnte es, doch sie stellte sich noch immer ein wenig bockig. „Wie meinen Sie das John? Natürlich habe ich was auf die Waage zu legen, Dreizehn Millionen, reicht das nicht?" John verzog keine Miene. Er zog nur an seiner Pfeife und starrte in die Dunkelheit hinaus. Ihn schien Agnes Gerede wohl nicht zu berühren. Oder kannte er es nur zu genau? Wusste er, wie sich Menschen verhalten, wenn sie reich waren? Für Agnes war John wohl der erste Mensch, der sich von dem vielen Geld nicht beeindrucken ließ. Er wollte es auch nicht. Er hatte schlichtweg keine Lust dazu. Er zog an seiner Pfeife und genoss den Tabakrauch, durch den er schon lange nichts mehr erkennen konnte. Doch dann sagte er leise: „Für Dich mögen diese Dreizehn Millionen schon sehr viel sein, für mich jedoch ist es nur Geld, mehr nicht. Ich bin gesund, noch. Und ich fühle mich wohl, wenn ich an meiner Pfeife ziehe und in meinem alten Turm sitze, um auf die Wipfel der Bäume dieses riesigen Waldes zu schauen. Das vermittelt mir ein ganz eigenes Gefühl. Hier oben fühle ich mich wie ein König. Und ich bin zufrieden. Ja, ich brauche nicht mehr als das. Und ich habe meine vielen Erinnerungen. Es wäre so schön, wenn mich der Herrgott zu sich holt, während ich einen Zug aus meiner Pfeife tu und an die

Menschen denke." Agnes erschrak und fragte schnell: „Wieso? Geht's Ihnen nicht gut, John? Kann ich helfen?" John lachte in sich hinein. „Siehst Du Mädel", sagte er dann, „nun weißt Du ja doch, was wichtig ist. Nein, mir geht's wunderbar. Hab mich selten besser gefühlt. Draußen ist schlechtes Wetter und ich habe ein Dach überm Kopf. Was soll ich mehr wollen. Es ist gut so, wie es ist! Schön, dass Du weißt, was wichtig ist, das Leben, die Gesundheit." Agnes ertappte sich dabei, eine Träne in ihrem linken Auge zu verspüren. Schnell wischte sie sich den Tropfen aus den Augen und lächelte verlegen. Sie spürte plötzlich etwas Merkwürdiges in ihrer Brust, bekam sie nun einen Herzanfall? Nein, es war viel tiefer, es war ganz tief drin. Es war ein Stich und sie fühlte, ja, sie konnte etwas fühlen! Das, was sie seit vielen Jahren erfolgreich verdrängt hatte, kehrte nun zurück, ihr Gefühl. Sie schaute zu Senta, die diesem Gespräch schweigend und interessiert gelauscht hatte. Ja, was zählte, war man selbst und das Gefühl, das Leben. Jede der beiden Frauen hatte das auf ihre Weise erfahren und erkannt. Und der Alte saß auf seinem Stuhl am Fenster und rauchte seine Pfeife. Als die nächste Flasche Wein geleert war, wurden die Frauen müde. Der Alte zeigte ihnen eine kleine Nische, die ihnen zunächst gar nicht aufgefallen war. Dort standen zwei schmale Betten. Sie waren sogar schon gemacht und der Alte wünschte den beiden Frauen nur noch eine gute Nacht. Die beiden schliefen schnell ein und der Alte setzte

sich wieder ans Fenster und schaute auf die Regentropfen, die vom Sturm gegen die Scheiben gepeitscht wurden. Am nächsten Morgen wurde Agnes als erste wach. Es klapperte und sie wusste nicht, was das sein konnte. Sie stieg aus ihrem Bett und entdeckte, dass eines der Fenster defekt war. Es wurde vom Wind hin und her bewegt und erzeugte dabei dieses Geräusch. Draußen  schien die Sonne, doch der Alte von gestern Abend war nirgends zu sehen. Auch seine Pfeife, an der er so genüsslich gezogen hatte, war seltsamerweise nicht da. Nicht einmal der Teller, worauf der Alte die Asche geklopft hatte, stand noch auf dem Tisch. Senta wurde nun ebenfalls wach und die beiden Frauen rüsteten sich zum Aufbruch. Sie freuten sich, einander kennengelernt zu haben und erinnerten sich noch während sie die Stufen hinabstiegen, an den vergangenen stürmischen Abend. Nur den netten alten Mann vermissten sie sehr. Lange mussten sie durch den Wald laufen, doch irgendwann hatten sie den Waldrand erreicht. Und Agnes staunte nicht schlecht, als sie schon von Weitem ihre schwarze Stretch-Limousine sah. Als sie gegen die Scheiben klopfte, sprang sofort ihr Diener Paul aus dem Wagen. Der musste wohl die ganze Nacht im Wagen verbracht haben, nachdem er seine Herrin vergeblich im Wald gesucht hatte. Er berichtete ihr, dass er sich nach seiner erfolglosen Suche in den Wagen zurückgezogen hatte und dort auf sie wartete. Senta wurde bereits von ihrer Kureinrichtung vermisst. Einer der Ange-

33

stellten war ihr nachgelaufen und irgendwie schien ihr das gar nicht unrecht zu sein. Denn diesen jungen Mann fand sie sehr nett. Er war so verständnisvoll, dass sie sich mit ihm in ein Café setzte, um ihr von ihren Erlebnissen zu erzählen. Sie kamen sich einander näher und sie spürte die Spannung in ihrem Herzen. Ja, das war wohl der Beginn eines neuen aufregenden Lebens. Sie heirateten und wurden ein Paar und Senta lebte endlich wieder auf. Auch Agnes schien sich irgendwie zu verändern. Sie verkaufte ihr Bankhaus und lebte mit ihrem ehemaligen Diener Paul in Los Angeles. Sie führte ein sehr einfaches, gutes Leben, ohne die ständige Hatz nach dem großen Geld. Sie spendete einen Teil ihres Vermögens an eine gemeinnützige Einrichtung. Irgendwann wollte sie noch einmal in diesen Wald. Sie wollte diesen Turm suchen, in welchem sie die unglaublichen Erlebnisse hatte. Zusammen mit ihrem Mann fuhr sie zu dem geheimnisvollen Waldgebiet. Die beiden durchstöberten nahezu das gesamte Areal, doch den Turm fanden sie nicht mehr. Dafür begegneten sie einem Förster, welcher an ihnen vorüber lief. Agnes fragte nach dem alten Mann und dem Turm, den sie einst im Wald entdeckt hatte. Der schaute sie plötzlich sehr ernst an und sagte mit düsterer Stimme: „Den alten Turm gibt's schon lange nicht mehr. Der alte John Miller, der ihn einst erbaut hatte, ist vor ungefähr dreißig Jahren bei einem Waldbrand umgekommen. Auch der Turm brannte bis auf die Grundmauern ab."

Agnes konnte nicht glauben, was sie da hörte. Doch als die beiden den Wald wieder verlassen wollten, blieb Agnes plötzlich stehen. Sie schaute sich nach allen Seiten um und blickte schließlich nachdenklich in den Himmel. Denn sie spürte etwas, dass ihr sehr bekannt vorkam, den sonderbaren Geruch von würzigem Pfeifentabak ...

Der Sturm

Amy Snyder liebte das Wandern. Wann immer sie es einrichten konnte fuhr sie in die Wildnis Alabamas und lief stundenlang durch die dichten Wälder im Valley-Grande. Auch an jenem denkwürdigen Sommertag im Juli fuhr sie wieder dorthin. Nach monatelanger Arbeit und ewigen durchgestandenen Kopfschmerzattacken wollte sie endlich abschalten und sich so richtig erholen. Anfänglich war das Wetter sehr gut und Amy konnte es wirklich kaum erwarten, am Zielort, der kleinen Pension beim Rentnerehepaar Grey einzutreffen. Das freundliche Ehepaar war immer so nett und zuvorkommen zu Amy und verhielt sich zu der jungen Frau, als sei es ihre eigene Tochter. Vielleicht lag das daran, dass sie einst mit ihren Eltern sehr oft in den Ferien zu den Greys fuhr und das Verhältnis deswegen auch so liebevoll und herzlich war? Jedenfalls konnte sie hier und nur hier so richtig ausspannen und zur Ruhe kommen. Wie immer wurde sie von Mr. und Mrs. Grey auf das Herzlichste begrüßt. Der Abend verlief ebenfalls so, wie es immer war und als Amy ihr reichhaltiges Abendessen verspeist hatte, ging sie sofort ins Bett. Sie wollte ausgeschlafen sein, wenn sie am nächsten Morgen loslief.

Auch die Nacht verlief ruhig und am darauf folgenden Morgen brach sie schon sehr früh auf. Bis zum Mittag wollte sie einen ganz bestimmten Punkt erreichen, der in keiner Karte eingezeich-

net war und von den Greys oft besucht wurde: „Stocks Point"! Für ihre wenigen Gäste hatten sie diesen Ort ein wenig umgestaltet und einen dicken Baum, der wohl schon tausend Jahre auf seinem Buckel haben mochte, sozusagen als Attraktion eingerichtet. Um seinen dicken Stamm rang sich dort eine hölzerne Treppe, die bis zur Baumkrone führte. Von dort hatte man dann einen wunderbaren Blick über das Areal und den gesamten Wald. Der Weg durch den Wald gestaltete sich als ein wenig schwierig, denn urplötzlich hatte das Wetter gewechselt und Regen prasselte vom wolkenverhangenen Himmel. Amy ließ sich jedoch nicht beirren; mutig lief sie weiter und trug ja auch wetterfeste Kleidung, um beinahe jedem Wetter zu trotzen. Der Weg wurde seichter und Amy war sich auf einmal gar nicht mehr so sicher, ob sie es bis zum Baum bei „Stocks Point" schaffen würde. Doch sie schaffte es und wollte umgehend die Stufen bis zur Baumkrone erklimmen. Dort oben konnte man sich unter ein Dach setzen, welches eigens für die Besucher gebaut worden war. Als Amy oben war, genoss sie die Aussicht, auch, wenn wegen des Regens und der diesigen Luft der Ausblick nicht allzu gut war. Ein wenig erschöpft setzte sie sich auf das Holzbrett, welches zwischen zwei Astgabeln lag und eine Bank darstellte. Auf diesem Moment hatte sie all die vielen Monate gewartet und sich in dieser langen Zeit so sehr danach gesehnt. Hier konnte sie über einige Dinge nachdenken und endlich richtig ausspannen.

Leider bemerkte sie nicht, dass nicht nur der Regen an Intensität zunahm, sondern auch der Wind immer stärker wurde und sich zu einem heftigen Orkan entwickelte. Als sie aus ihrer Gedankenwelt zurückkehrte, bogen sich die umstehenden Bäume bereits derart, dass einige von ihnen laut krachend umknickten. Ängstlich schaute Amy zum Waldboden hinab, denn auch ihr Baum wiegte bedrohlich hin und her.

Gerade wollte sie hinuntersteigen, weil ihr die Sache zu gefährlich wurde, da geschah das Unglaubliche: Der Sturm fuhr unter die Bretter der Stufen und riss sie aus ihren Verankerungen. Klappernd und krachend flogen sie davon und Amy starrte ins Leere. Sie konnte nicht mehr heruntersteigen, und für einen Sprung aus der Baumkrone war es einfach viel zu hoch.

Panisch starrte sie in die Tiefe und glaubte sich bereits in jenseitigen Gefilden, als sie plötzlich jemanden vor sich bemerkte. Erschrocken starrte sie in das warmherzige Gesicht eines alten Mannes. Er trug eine grüne Uniformjacke und alte ausgebeulte Hosen. Auf seinem Rücken hatte er einen kleinen Rucksack geschnallt und in den Händen hielt er ein dickes Seil. „Wie sind sie hier heraufgekommen", rief Amy und ihre Worte verhallten dumpf im Getöse des tosenden Sturmes. Der Alte lächelte und sagte dann: „Mein Name ist David Morrison und ich bin Ranger hier im Wald! Komm, wir müssen schnellstens hier weg! Hinter der Baumkrone befindet sich ein Übergang! Der wurde zwar nie genutzt, aber es gibt ihn noch. Ich werfe das Seil hinüber, woran wir uns festhalten können. Schnell!" Ehe Amy noch etwas fragen konnte, wies sie der alte Mann zur anderen Seite der üppigen, schwer einsehbaren Krone des Baumes. Hier befand sich tatsächlich eine sehr schmale Überführung aus Holzbrettern. Der Alte warf das Seil zum gegenüberliegenden Baum, der ebenso hoch war wie der auf dem sie standen und dann balancierten sie vorsichtig hinüber. Von dort führte eine noch intakte Wendeltreppe aus Holzstufen hinunter. Schnellstens liefen die beiden über sie hinab und standen schon nach wenigen Minuten auf dem sicheren Boden. Erleichtert bedankte sich Amy bei dem alten Mann und der kramte umständlich etwas aus seiner Hosentasche, drückte es Amy in die Hand und sagte dann: „Also dann Mädchen, geh jetzt schnellstens heim." Amy betrachtete sich den Gegenstand, der in ihrer Hand lag und staunte; es war ein kleines Foto von ihrem vermeintlichen Retter in einem metallenen Rahmen. Weil das Wetter immer schlechter wurde, steckte sie es weg, zog sich die Kleidung zurecht und lief schnellstens zurück. Die Greys hatten schon einen befreundeten Ranger angerufen, der sich gerade auf den Weg machen wollte, um Amy zu suchen. Es war sehr gefährlich, bei Sturm durch die dichten Wälder zu irren, denn herunterfallende Äste oder umstürzende Bäume konnten zu einer großen, unberechenbaren Gefahr werden. Als Amy erschien, waren alle erleichtert und die Greys nahmen Amy in ihre Arme. „Gott sei

Dank, du bist wieder da. Wir hatten schon das schlimmste befürchtet, denn dieser Sturm ist einfach mörderisch!" Amy zitterte noch immer am ganzen Leib und als sie die Story von der zerstörten Treppe am Baum erzählte, liefen Mrs. Grey die Tränen übers Gesicht.

Als Amy jedoch von dem alten Ranger David Morrison berichtete und das winzige Foto in dem verbogenen Metallrahmen zeigte, wurden die Greys auf einmal sehr schweigsam. Amy wunderte sich über das merkwürdige Verhalten ihrer Wirtsleute und wollte wissen, was es war. Mrs. Grey war sehr nervös und dann sprach sie mit zitternder Stimme: „Ach ja ... der alte David. Ja, der war tatsächlich mal Ranger hier in der Gegend. Eigentlich wollten wir es dir nicht sagen, aber David war dein Vater. Die Umstände damals jedoch ließen nicht zu, dass du weiter bei ihm sein konntest. Na ja, jetzt weißt du's. Wir haben deinen jetzigen Eltern, den Snyders, versprochen, dich immer hierher zu holen, wenn es möglich ist." Amy musste weinen und ließ sich schließlich entkräftet auf einen Stuhl fallen. „Warum hat er nichts gesagt, als er auf dem Baum war, und warum hat er mich nicht behalten können?" Aufgeregt räusperte sich Mrs. Grey und wurde dabei immer unruhiger. Mr. Grey schien noch immer die Fassung zu bewahren und er sprach mit monotoner Stimme, die einen gewissen seltsamen Unterton zu haben schien: „Weil er bei einem Blizzard starb, als du drei Jahre alt warst."

Grusel-Schloss

Das alte Schloss „Blutgeist" lag friedlich und malerisch eingebettet unter den Bäumen des Waldes. Es stammte noch aus dem 14. Jahrhundert und wurde einst von der legendären Fürstin Reinhilde von Blutgeist erbaut. Wer sie wirklich war, wusste niemand.  Sie achtete auf strickte Verschwiegenheit, wobei sie auch kaum Personal, das sich um die Belange des Schlosses hätte kümmern können, einstellte. Die Fürstin lebte sehr lange auf dem Schloss, bis sie schließlich verschwand. Lange stand dieses Schloss leer und es rankten sich dutzende Legenden um diese ehrwürdige Anlage. Seine Bauart und seine Lage erinnerten eher an ein Spukschloss als an einen herrlichen Landsitz. Außerdem kursierte jahrelang die Annahme, ein Zauberer hätte sich hinter den dunklen Mauern des Schlosses eingenistet und würde jeden umbringen, der sich dem Bauwerk nähert. Bis heute konnte das nicht bewiesen werden.

Allerdings konnte auch keiner diese Sage widerlegen. Aber es war ein Fakt, dass seltsame Dinge dort vorgingen. Es musste wohl ein Nachkomme der Fürstin von Blutgeist gewesen sein, der das Schloss nun seit vielen Jahren nutzte. Nur gesehen hatte man ihn nie. Er ließ den tiefen Graben, der um das Schloss führte erneuern und mit Wasser befüllen. Außerdem ließ er sämtliche Fenster, die nach außen zeigten, zumauern. Seitdem glich das Schloss eher einer Festung und niemand wagte sich in die Nähe dieser geheimnisvollen Anlage. Ich hatte von diesem Schloss gehört und sofort packte mich meine Neugierde. Natürlich wollte ich mehr über die Schlossanlage wissen und erfuhr über Umwege, dass über die Jahrhunderte dutzende von Menschen aus dem nahe gelegenen Dorf verschwanden. Man konnte sie nie mehr wiederfinden, und nun wurden wieder zwei Männer vermisst. Besonders im Mittelalter verzeichnete man unzählige solcher Fälle. Und so wunderte es auch nicht, dass es auch bis in die heutige Zeit immer wieder vorkam, dass Menschen aus verschwanden. Erst vor drei Monaten vor meiner Ankunft vermisste man zwei Bauern aus dem Dorf. Das letzte Mal sah man sie, als sie sich auf dem Weg, der durch das dichte Waldstück um das Schloss führte. Und es war klar, dass sich die gruseligsten Geschichten um das Verschwinden der Männer rankten. Man sprach sogar davon, dass man die beiden umgebracht hätte und deren grausam entstellte Geister seitdem durch den Wald flogen würden. Ich konnte all diese Dinge nicht glauben. Es gab ganz sicher eine logische Erklärung für deren Verschwinden. Aber das war ganz sicher nicht der Grund, der mich in die herrliche Landschaft, rund um das alte Schloss trieb. Ich wollte eine Reportage schreiben, in welcher natürlich das Schloss eine tragende Rolle spielen sollte. Denn es sollten wieder mehr Touristen in das Gebiet kommen. Und ich wollte mit meiner Reportage ein wenig dabei behilflich sein. So fuhr ich hin

und staunte, wie sorgsam man in dieser Gegend mit der Natur umgegangen war. Man hatte neue Seen angelegt und die kleinen Dörfer liebevoll restauriert. Das alles musste ganz bestimmt ein Heidengeld gekostet haben. Aber es gefiel. Trotzdem blieben die Besucher aus. Die entsetz-lichen Legenden, die das Schloss umgaben, schienen wohl noch immer von den Leuten für bare Münze gehalten zu werden.

Und da waren ja auch noch die beiden vermiss-ten Männer. Wo waren die abgeblieben? Waren sie tatsächlich umgekommen? Ich mietete mich in einer kleinen Pension des Dorfes ein.

Die Wirtin, eine ältere würdige Dame taxierte mich genau und schob mir misstrauisch den Schlüssel für mein Zimmer über den Tresen. Was die wohl denken mochte? Und als ich später durch das winzige Dorf lief, hatte ich die Vermu-tung, dass die Leute ganz allgemein sehr miss-trauisch waren. Lag das an dem alten Schloss, an den Legenden oder vielleicht auch an den beiden vermissten Bauern? Ich nahm mir vor, gleich am nächsten Tag zum Schloss zu wandern. Vielleicht fand ich ja dort etwas, dass mit dem Verschwin-den der Bauern zu tun haben konnte. Vielleicht fand ich auch ein Geheimnis, welches sich seit dem Verschwinden von Fürstin von Blutgeist wie ein Leichentuch über der Gegend ausgebrei-tet hatte. Am Abend saß ich noch eine Weile in der kleinen Gaststube der Pension. Die Wirtin stand hinter ihrem Tresen und beobachtete mich in einem fort. Mir war das lästig, weil ich auf diese Weise kaum einen Bissen herunterbekam. Ich ging zu ihr und fragte sie, was eigentlich los sei. Ich wollte wissen, warum sie mich so kritisch musterte. Vielleicht wollte sie mir ja auch irgendetwas sagen, was sie sich nicht traute. Zunächst schwieg sie und wollte sich sofort zurückziehen.  Doch ich ließ nicht locker und so zog sie mich in ein Hinterzimmer und flüsterte: „Wir beobachten hier alle Fremden, die ankommen. Denn wer weiß, wer sich hinter so manchem Lächeln wirklich verbirgt. Aber auf Schloss Blutgeist gehen merkwürdige Dinge vor. Seit Jahren, nein, seit Jahrhunderten verschwinden immer wieder Leute und nie wurden die Fälle aufgeklärt. Aber wissen Sie, dieser neue Schlossherr, den man nie sah, ist nicht ganz ohne. Ich habe gehört, dass er Menschen fängt und aufisst. Neulich sah ich ein seltsames Feuer auf einem der Schlosstürmchen. Es war bereits gegen Mitternacht und plötzlich hörte ich ein lautes Lachen und das Feuer erhob sich wie der Feuerstrahl des Teufels in den Himmel. Seitdem redet hier kaum noch jemand mit dem anderen." Ich schaute die Wirtin misstrauisch an. Sollte es tatsächlich möglich sein, dass hier alle den Durchblick verloren hatten? Was redete diese Dame da für ein wirres Zeug? Menschenfresser, der Teufel, zum Himmel fliegende Feuerbälle, was sollte das? Wollten die Leute damit vielleicht die Fremden vertreiben, weil sie in Wahrheit gar kein Interesse an Besuchern hatten? Noch am selben Abend sprach ich mit dem Bürgermeister des Dorfes. Der war zwar anfänglich ebenfalls ein wenig verschwiegen, doch dann schien er sehr angetan von meiner Idee, mit Hilfe der Reportage über diese wunderschöne Gegend neue Besucher und damit auch Touristen herzulocken. Er wollte mein Vorhaben unterstützen und einen Reiseführer, den ich schreiben sollte, herausbringen.

Als ich schließlich irgendwann in der Nacht von meinen Streifzügen in mein Pensionszimmer zurückkehrte, legte ich mich gleich ins Bett. Doch als ich das Licht ausschaltete und durchs Fenster, welches gleich gegenüber von meinem Bett war, hindurchschaute, bemerkte ich einen hellen Schein am Himmel. Was war das? Der Mond? Ein Scheinwerfer? Noch einmal stand ich auf und schaute nach. Da sah ich es nun, dieses seltsame Feuer. Wie eine Art Lichtkugel erhob es sich geräuschlos in den dunklen Nachthimmel hinein. Sie kam aus dem Waldstück, in welchem sich das alte Schloss Blutgeist befand. Was war das nur? Ein Kugelblitz? Man sagte ja, dass man die noch immer nicht so genau erforscht hätte. Aber ein Kugelblitz bei schönem Wetter? Ich legte mich zurück ins Bett und dachte noch lange nach. Welches Geheimnis verbarg sich hinter der Fassade dieses alten Schlosses? Am nächsten Morgen schlief ich etwas länger. Der vergangene Abend war wohl etwas zu aufregend, sodass ich mich wie gerädert fühlte. Trotzdem trieb mich meine Neugierde schließlich aus dem Bett. Nach dem Frühstück packte ich meinen Rucksack und zog los.

Es dauerte ein wenig, bis ich den Wald erreichte, in welchem das Schloss stand. Und es dauerte noch viel länger, durch die wilde Natur zu klettern, weil sich über Jahre keiner mehr mit der Befestigung der Wege befasst hatte. Man wollte wohl nicht, dass jemand bis zum Schloss vordringen konnte. Irgendwann hatte ich das letzte Gebüsch hinter mich gebracht und lief über eine Wiese bis zum Schlossgraben. Und da stand es plötzlich vor mir, Schloss Blutgeist. Wie eine verfallene Geisterburg erhob es sich vor mir und seine kleinen Türmchen an allen vier Ecken der Anlage ragten drohend und spitz in den Himmel hinein. Offenbar hatte man das Schloss seit Jahrhunderten nicht mehr verputzt. Überall bröckelte die Fassade und gab den Blick auf die eigentliche Bausubstanz frei. Teilweise war das Schloss mit Moosen und Gebüsch überwuchert. Und der Wassergraben rund um die Anlage war nicht sehr breit aber vermutlich sehr tief. Schlagartig wurde mir klar, dass sich in dieses Gebäude bisher keiner hinein traute. Und dann diese grauenvollen Legenden von Menschenfressern, die hinter der wurmstichigen Fassade ihr Unwesen treiben sollten. Werbewirksam war das wahrlich nicht. Ich allerdings ließ mich von solcherlei Dingen nicht abhalten. Immerhin hatte ich einen wichtigen Auftrag, die Reportage über diese doch recht schöne Gegend. Sie musste in einer Woche fertig sein. Es schien wohl keinen Ein-

gang in das Schloss zu geben. Jedenfalls lief ich um das ehrwürdige Gebäude herum, ohne einen zu entdecken. Dafür entdeckte ich eine hochgezogene Zugbrücke, die jegliches Eindringen in den vermutlich dahinter befindlichen Schlosshof verhinderte. Wie kam ich also in dieses Schloss hinein? Immer wieder durchquerte ich das Areal vorm Wassergraben. Und plötzlich trat ich auf etwas Hohles. Zumindest hörte es sich an, als ob unter meinen Füßen eine Grube sei. War das eine Falltür? Erschrocken sprang ich auf einen dicken abgesägten Baumstamm. Doch nichts geschah, die vermeintliche Falltür hielt wohl stand. Noch einmal schlich ich mich an diese Stelle, entfernte das darüber gewachsene Gebüsch und sah, dass es sich um eine verrostete Eisenluke mit einem Haken daran handelte. Sicher konnte man diese Luke mit dem Haken öffnen. Mit ganzer Kraft zerrte ich daran, doch die Luke bewegte sich nicht einen Millimeter. Gab es da noch einen anderen Trick? Ich suchte das Gebüsch ab und entdeckte etwas sehr Sonderbares. In eine Baumwurzel eingelassen verbarg sich etwas sehr Irdisches, es war ein elektronisches Zahlenschloss. Darin blinkte ein rotes Lämpchen. Nun musste ich nur noch den Code wissen, dann könnte ich vielleicht die Luke öffnen. Aber wie sollte ich diesen Code herausfinden? Ein Computerhacker war ich nie gewesen, auch wenn ich meine Texte ausschließlich mit meinem Laptop schrieb. Ich schaute mich um. Nein, es gab keine Hinweise auf den Code, doch halt! Einen Hinweis könnte

es möglicherweise doch geben, die Ausrichtung der Bäume. Es waren fünf Bäume, in deren Mitte sich die Baumwurzel mit dem Zahlenschloss befand. Die fünf Bäume sahen ein wenig seltsam aus, denn man hatte sie von den meisten ihrer Äste befreit. Nur wenige Äste hatte man dran gelassen. War das vielleicht der Zahlencode? Ich  zählte am ersten Baum 5 Äste, am zweiten 4 und dann noch die Zahlen 937. Mit diesen Zahlen kroch ich zur Wurzel mit dem Zahlenschloss zurück und gab die Zahlen dort ein. Es passierte jedoch nichts. Vermutlich war das die falsche Reihenfolge der Zahlen und ich versuchte alle möglichen Varianten aus. Und endlich, das lang ersehnte Knacken ertönte. Kraftvoll zog ich am Haken der Luke und diese sprang wie von allein auf. Sie gab den Blick auf eine Leiter frei. Umständlich hievte ich mich durch die Öffnung und als ich auf der Leiter stand schloss sich die Luke sofort wieder über mir. Die Leiter führte zu einem Stollen. Überall brannte Licht, dennoch war es nicht sehr hell. Außerdem zog eisige Kälte durch den Stollen und ich lief einen Schritt schneller, um mich ein wenig warmzulaufen. Endlich kam ich an eine steinerne Treppe. Hier musste es zum Schloss hinaufgehen. Vorsichtig schritt ich nach oben. Überall in den Wänden befanden sich Nischen und alte verwitterte Holztüren. Ich drückte die schmiedeeisernen Klinken, doch keine dieser Türen ließ sich öffnen. Schließlich gelangte ich in einen großen düsteren Raum. An den Wänden hingen dutzende Trophäen.

Möglicherweise ging der Hausherr gern zur Jagd. An der Stirnseite des Raumes hatte man einen großen Kamin in die Wand eingelassen. Doch es brannte kein Feuer darin. Es war bitterkalt in diesem Raum und ich konnte die Rauchfahne meines Atems sehen. Alles lag verlassen vor mir. Es wirkte auf mich, als sei das Schloss unbewohnt.  Allerdings gab es noch viele Zimmer, die ich sehen wollte. Und mein Rundgang wurde nicht unterbrochen. Kein Menschenfressendes Ungeheuer verstellte mir den Weg, auch kein blutsaugender Graf tauchte leichenblass vor mir auf. Nichts! Nur die rätselhafte Stille und diese Einsamkeit, aber auch der Wind, der die Läden an den Fenstern gespenstisch klappern ließ, verbreiteten ein gruseliges Fluidum. Ohne mich davon beirren zu lassen, lief ich weiter. Vielleicht traf ich ja doch noch jemanden. Immerhin wollte ich sehr gern den Schlossherren sprechen, wenngleich unangemeldet und auf eine recht ungewöhnliche Weise, sozusagen durch den Hintereingang kommend. Aber ich hatte Pech. Beinahe jedes der zahllosen Zimmer hatte ich schon gesehen, als ich vor einer engen Wendeltreppe stand. Kein Zweifel, hier musste es in eines der Turmzimmer gehen. Meine Neugierde trieb mich nach oben. Oben war wieder eine Tür. Ich öffnete sie und vor mir stand ein Mann, von dem ich annahm, dass es der Hausherr sei. Erschrocken blieb ich stehen, hatte nicht damit gerechnet, doch noch jemanden zu finden. „Ich habe schon auf Sie gewartet", sagte der

Fremde mit relativ ruhiger Stimme. Mit einem solch merkwürdigen Empfang hatte ich nicht gerechnet. Eher mit einer blutrünstigen Hundemeute, die sich gierig auf mich stürzten. Allerdings konnte ich mir gut vorstellen, dass mich dieser Mann vermutlich die ganze Zeit beobachtet hatte. Sicher hatte er in jedem seiner Zimmer Kameras installiert. In seinem schwarzen altertümlich wirkenden Anzug sah er ein wenig verstaubt aus. Und sein etwas verkühlter Unterton und sein knochiges Gesicht wiesen eher auf einen dahin kränkelnden Mittfünfziger hin als auf einen stolzen Schlossherren mit tausenden von Geheimnissen. Dennoch schien ihn etwas Merkwürdiges zu umgeben. War es seine krumme Nase, die mich an einen alten Hexenmeister erinnerte oder seine Wortkargheit, die mich doch schon ein wenig irritierte. Ich fragte ihn, warum man das Schloss nicht über die Zugbrücke erreichen konnte. Aber ich erntete dafür nur ein betretenes Schweigen. Überhaupt erschien es mir, als wollte mich dieser Mann zwar sehr gern empfangen, aber auch schnellstens wieder loswerden. Nur, warum holte er nicht die Polizei, wenn ich ihm doch so ungelegen kam. Immerhin war ich bei ihm eingebrochen. Doch dann stellte er sich vor, blieb allerdings sitzen dabei. Mit sonorer Stimme sagte er: „Mein Name ist Fürst Adalbert von Blutgeist. Es ist schön, dass Sie mich besuchen. Bisher kam nämlich noch niemand hierher." Ich staunte, dass der Schlossherr nun doch mit mir sprechen wollte.

Hatte ich seine Neugierde geweckt oder war diese Freundlichkeit am Ende nur aufgesetzt? Als ich mich in dem kleinen Zimmer umschaute, fiel mir etwas auf, das mir einen Schock versetzte. In einer Ecke lagen Knochen, menschliche Knochen, wie ich annahm. Der Fürst schien das bemerkt zu haben und meinte, dass diese Knochen nur zur Zierde in dieser Ecke lägen. Ich jedoch verstand diesen sonderbaren Humor ganz und gar nicht.  Und deswegen kam ich gleich zur Sache. Ich stellte den Fürsten zur Rede, was er wohl zum Verschwinden von all den vielen Leuten meinte. Nach einer Minute des Schweigens wich der Fürst aus. Er versuchte mich abzulenken, schob wieder seine Traurigkeit vor, dass keiner zu ihm aufs Schloss käme und vermutlich deswegen solcherlei Legenden entstanden seien. Aber ich wollte es nun genau wissen, hatte den Fürsten wohl so weit, dass er gar nicht mehr anders konnte, als seine Maske fallen zu lassen. Lange schaute er mich an, als ich ihn erneut zur Rede stellte. Dann stand er unverrichteter Dinge auf und sagte im Vorübergehen: „Folgen Sie mir!" Wir schritten die Wendeltreppe hinab und begaben uns in einen Nebenraum des darunter befindlichen Zimmers. Doch was ich da sah, ließ mir das Blut in den Adern gefrieren. In der Mitte des großen Raumes stand ein großer eiserner Käfig. Darin brüllte ein affenähnliches Wesen, oder war das ein Mensch? Das Wesen fletschte seine Zäune und brüllte, dass ich ängstlich einen Schritt zurücksprang. Der Fürst jedoch sagte:

„Sie brauchen keine Angst zu haben. Das ist Hektor. Wir haben ihn vor vielen Jahren im Wald gefangen. Er ist ein Frühmensch, ein Australopithecus!" Ich konnte nicht glauben, was der Fürst mir da sagte. Ein Frühmensch? Waren die nicht vor Millionen von Jahren ausgestorben? Offenbar aber doch nicht, sonst hätte man dieses Exemplar ja nicht fangen können. Der Fürst erklärte mir, dass es damals, als er das Schloss erbte, mehrere dieser Frühmenschen in diesem Wald gab. Er habe herausgefunden, dass diese Frühmenschen jene Leute, die als vermisst galten, als Nahrung betrachteten. Er habe immer wieder die angefressenen Leichen der Toten im Wald gefunden und bestatte später deren Überreste auf dem winzigen Friedhof im Schlossgarten. Hätte er die Toten liegengelassen, so dass sie von Dorfbewohnern gefunden worden wären, hätte man ihn als Mörder beschuldigt. Niemand hätte ihm geglaubt, dass es Frühmenschen waren, die lediglich auf Nahrungssuche waren.

Dennoch wunderte ich mich, warum der Fürst nie darüber an die Öffentlichkeit getreten war. Immerhin hätte das ja ein Magnet sein können, welches Touristen in ungeahnter Zahl in die Gegend hätte holen können. Um die Frühmenschen hätten sich Forscher gekümmert. Der Fürst hingegen wollte das nicht, bekundete, dass seine Vorgehensweise angeblich die einzige und beste Variante gewesen sei. Mich stellte das Ganze ganz und gar nicht zufrieden. Wie sollte ich meine Reportage schreiben, wenn ich ausgerechnet dieses wichtige Detail, welches zur Aufklärung der Todesfälle beitragen könnte, verschwieg. Denn dem Fürsten war es keineswegs recht, dass ich darüberschrieb.

Ich dankte dem Fürsten für seine Bereitschaft, wenigstens mich aufzuklären, wenngleich ich mich wunderte, dass er mir überhaupt das alles zeigte. Mit einem Händedruck verabschiedete er mich und ließ sogar die Zugbrücke herunter.  Quietschend und klappernd gab sie den Weg über den Wassergraben frei. Auf meine Frage nach dem Feuer, welches gen Himmel flog, bekam ich keinerlei Antwort. Hinter mir vernahm ich noch das dumpfe Grollen, welches von der Anwesenheit dieses mysteriösen Frühmenschen kündete. Als sich die Zugbrücke langsam wieder schloss, sah ich den Fürsten, der mir mit ernster Miene hinterher starrte und mich ratlos zurückließ. Ich überlegte, wie ich meine Reportage schreiben sollte und wie ich dem Bürgermeister von meinen Erlebnissen berichten sollte, ohne den Frühmenschen zu erwähnen. Sollte ich überhaupt den Bürgermeister mit einbeziehen oder sollte ich doch zur Polizei? Immerhin gab es Todesfälle. Und der vermeintliche Frühmensch lebte noch! Ich ging zu meiner Pensionswirtin. Doch ich wusste nicht, ob ich ihr von meinen Beobachtungen berichten sollte. Wie würde sie reagieren, wenn sie all das hörte? Konnte ich das überhaupt tun? Trug nicht auch ich eine gewisse Verantwortung? Mir erschien das dann doch zu unsicher und ich ging zur Polizei. Ich war fest

entschlossen, dort von dem Geheimnis zu erzählen. Der Beamte, dem ich mich anvertraute,
schaute ebenso misstrauisch wie der Fürst.
Doch als ich ihm von dem ominösen Frühmenschen erzählte, wollte er es genau wissen. Er holte sich zwei seiner Kollegen und wollte sich
selbst ein Bild von alledem machen. Gemeinsam
zogen wir los. Immerhin gab es nun einen Ver-
dacht, dem nachgegangen werden musste. Ich
führte die Beamten zu der Baumwurzel mit dem
Zahlenschloss. Die Nummer hatte ich mir behalten und auf einen Zettel geschrieben. Schnell
gelangten wir in die Katakomben des Schlosskel-
lers. Wir durchschritten den Stollen und standen
alsbald in dem Raum mit dem Kamin und den
Trophäen an den Wänden. Und es war ganz
merkwürdig, auch diesmal war der Fürst nicht
zugegen. Wieso kam er nicht, wenn doch die
Polizei in seinem Schloss herumstöberte. Das
konnte ihm doch unmöglich recht sein. Als wir
in dem Seitenraum standen, konnte ich es nicht
fassen. Weder war da ein großer Käfig noch befand sich ein blutrünstiger Frühmensch in dessen
Inneren. Es war, als sei nie etwas dergleichen in
diesem Zimmer gewesen. Und vom Fürsten
selbst fehlte jede Spur. Was ging hier nur vor?
Als ich aus dem Fenster schaute, bemerkte ich
einen Feuerball, der von einem der Türmchen in
den Himmel raste. Die Flammen loderten be-
ängstigend in alle Richtungen und ich zeigte den
Beamten dieses unfassbare Schauspiel. Die schüt-
telten ratlos mit ihren Köpfen und wussten wohl

nicht so genau, ob sie das alles wirklich glauben sollten oder nicht. Das Schloss aber war menschenleer. Und einen Frühmenschen fanden wir erst recht nicht. Dafür bemerkte ich, dass der Feuerball gar nicht in den Himmel geflogen war. Vielmehr war er aufs Dach des Schlosses gestürzt, welches sofort in Flammen aufging. Rasend schnell fraßen sich die lodernden Flammen durch die Gebäude des Schlosses. Wir hatten große Mühe, die Anlage rechtzeitig zu verlassen. Offenbar war hier mit Brandbeschleunigern gearbeitet worden. Wollte hier jemand seine Spuren verwischen? Innerhalb weniger Minuten stand das gesamte Schloss in Flammen. Es hatte keinen Sinn, die Feuerwehr zu rufen. Wie sollte sie sich den Weg durch diese zugewachsene Gegend bahnen. Wir konnte nur noch zusehen, wie das Schloss vor unseren Augen buchstäblich in Rauch und Asche versank. Kurze Zeit später stand nur noch die verkohlte Ruine des Schlosses vor uns. Damit schien das Geheimnis von Schloss Blutgeist für immer verloren. Ein Gutes aber hatte das alles. Es kamen tatsächlich unzählige Besucher in die Gegend. Alle wollten die Schlossruine sehen und waren auf der Suche nach dem Menschen fressenden Frühmenschen. Den Bürgermeister freute das sehr. Und als er meine Reportage las, bedankte er sich für die gelungene Aktion, das Gebiet wieder attraktiver werden zu lassen. Ich jedoch war ganz und gar nicht glücklich mit dem Ergebnis. Leider aber gab es nun das Schloss nicht mehr. Wohl oder

übel musste ich abreisen. Am Abend vor meiner Abreise lief ich noch einmal durch die verbrannte Ruine des Schlosses und setzte mich auf einen Stein. Da fiel mir ein seltsamer Kasten auf, der in der Asche lag. Erst dachte ich, es sei ein großes Mauerstück, doch als ich den Ruß abwischte, bemerkte ich, dass es ein Tresor sein musste. Da  er nicht sehr groß war, konnte ich ihn bis zu meinem Wagen tragen. In der Pension versuchte ich, ihn zu öffnen. Das ging nicht sehr schwer, denn die alte Mechanik hatte bei dem verheerenden Brand sehr stark gelitten. In seinem Inneren fand ich ein dickes Buch. Es war schon stark verrottet und ich musste vorsichtig damit umgehen, damit es nicht zerfiel. Es entpuppte sich als Chronik von Schloss Blutgeist! Manche Seiten ließen sich beim besten Willen nicht mehr entziffern. Doch das, was ich entziffern konnte, schien das Geheimnis des Schlosses zu lüften, wenngleich nicht vollständig, und ich konnte nicht glauben, was ich da las. Demnach war die alte Fürstin von Blutgeist ebenfalls ein Frühmensch. Die Gattung der Art „Australopithecus" kam einst in diese Gegend und überlebte. Die Fürstin hatte einen Sohn. Nachdem sie gestorben war, verließ er das Schloss und lebte im Wald. Doch da kam plötzlich das Feuer vom Himmel. Blutrünstige Lebewesen, Aliens, traten aus dem Feuerball und bemächtigten sich des Schlosses. Der Sohn der alten Fürstin wurde gefangen genommen und im Schlosskeller eingesperrt. An ihm wurden Tests und Studien durchgeführt. Die

Aliens aus dem Feuerball nahmen wohl an, dass es sich bei ihm um einen Bewohner der Erde handelte. Dass es sich nur um eine überlebende Rasse der Frühmenschen handelte, wussten sie nicht. Doch dann trafen sie auf die wirkliche Bevölkerung und entführten immer wieder Menschen. Diese Leute mussten für die Forschungszwecke der Aliens sterben. Die Morde schoben sie dem Frühmenschen zu, den sie künstlich über die vielen Jahrhunderte am Leben hielten. Er war das Opferlamm, welches die Aliens brauchten, um selbst nicht erkannt zu werden. Fürst von Blutgeist war einer dieser Aliens. Als ich die Polizei hinzuzog, glaubte er sich enttarnt und floh. Da sich die Aliens mit Feuer sehr gut auszukennen schienen, zündeten sie das Schloss an. Nun gab es keinerlei Beweise mehr, glaubten sie. Doch an die mysteriöse Chronik dachten sie nicht. Nur, wer hatte die geschrieben? Da musste doch noch jemand sein, der all das aufgeschrieben hatte? Denn die Aliens konnten es nicht gewesen sein und die Frühmenschen? Gab es die vielleicht noch? Als ich die Schlossruine verließ und durch den Wald zu meinem Fahrzeug lief, sah ich zwischen den Bäumen zwei merkwürdige Gestalten. Ich versuchte, Genaueres zu erkennen. Doch als ich mir den Weg durchs Gebüsch bahnte, um zu den Fremden zu gelangen, sah ich nur noch, wie sie durch die Sträucher davonsprangen. Und ich war mir sicher, dass es sich bei einem der beiden mit Sicherheit um den

Frühmenschen handelte, den ich damals auf dem Schloss im Käfig gesehen hatte …

Geistersee

Carmen liebte die Einsamkeit. Immer, wenn es passte, floh sie aus der hektischen Stadt, um irgendwo draußen in der Natur Urlaub zu machen. Diesmal sollte es ein See im wunderschönen Mecklenburg-Vorpommern sein.  Malerisch lag der kleine See zwischen den Bäumen des stillen Waldes und das kleine Ferienhaus schmiegte sich idyllisch zwischen die Bäusche und Sträucher. Es regnete ein wenig, als sie den See erreichte. Doch sie verschanzte sich nicht etwa in dem kleinen Ferienhaus, nein, sie setzte sich mit ihrem Regenschirm an den Strand und genoss die Ruhe. Weil sie abschalten wollte und noch immer den Lärm der großen Stadt Berlin in ihren Ohren hatte, bemerkte sie gar nicht, dass ein dumpfes Grollen über die Wasseroberfläche kroch. Als sie es schließlich doch bemerkte, war es bereits zu spät. Schäumend und rumorend teilte sich die Wasseroberfläche vor ihr und irgendetwas wurde an Land gespült. Als Carmen genauer hinsah, traf sie beinahe der Schlag. Denn das, was da vor ihr lag, war ein toter Mensch! Allerdings war er in irgendetwas eingewickelt. Carmen war derart überrascht, dass sie sich zunächst gar nicht bewegen konnte. Wie gelähmt starrte sie auf den Toten und wusste nicht, was sie tun sollte. Schnell zog sie ihr Mobiltelefon aus der Tasche und wollte die Polizei rufen. Doch es war genau wie in einem schlechten Film – sie hatte kein Netz. Und als ob das noch nicht alles war, schäumte erneut das Wasser wild auf und umschloss sie wie ein Ring. Carmen saß wie auf einer Insel und das schäumende Wasser um sie herum schien sie nicht mehr fortlassen zu wollen. Immer näher kamen die Wogen an sie heran und schienen sie wohl schon bald gierig in sich verschlingen zu wollen. Da erblickte sie einen  Baumstamm, der wehrhaft in der schäumenden See standhielt. Schnell sprang sie auf den Baumstamm zu und staunte, dass sie so flink an dem Stamm emporklettern konnte. In einer Astgabel ganz oben hielt sie inne und musste sich erst einmal verschnaufen. Unter sich sah sie das tosende Wasser und konnte gar nicht verstehen, was da vor sich ging. Vermutlich war der Mann, der tot am Ufer lag, auf die gleiche Weise ums Leben gekommen. Nur hatte er es nicht mehr geschafft, diesen Baumstamm zu erreichen, der ihm vielleicht das Leben hätte retten können. Dennoch war auch für sie die Lage sehr ernst und es sah beinahe so aus, als wenn sich schon in Kürze auch ihr Schicksal gegen sie wenden würde. Aber da beruhigte sich der See wieder und das Wasser zog sich zurück. Es schien beinahe so, als wenn der See nur drohen wollte, nur ja nicht zu nahe an irgendetwas zu kommen. Und weil Carmen so schnell auf den Baum geklettert war, bestand keine Gefahr mehr für den See. Was jedoch konnte es in diesem See schon für ein Geheimnis geben? Carmen beschloss, der Sache auf den Grund zu gehen. Doch dazu musste sie erst einmal vom Baum herunter, und die Angst vor dem Abstieg war groß! Sollte sie es wirklich wagen? Was, wenn es gleich wieder losging? Sie musste es tun und kletterte vorsichtig und mutig auf das steinige Ufer zurück. Der Tote war sonderbarerweise wieder weggespült worden, fast schon so, als wollte es der See nicht zulassen, dass der neue Gast Carmen gleich die Polizei holte. Dennoch konnte er die Tatsache nicht wegspülen, denn Carmen hatte den Toten nun einmal gesehen und sie würde ganz sicher schon bald die Polizei alarmieren. Als die junge Frau in der sicheren Hütte unter den Bäumen war, schaute sie nachdenklich aus dem Fenster zum See hinüber. Noch wollte sie die Polizei nicht holen, denn es dämmerte bereits und in der Nacht wollte sie keinesfalls am Ufer des Sees verharren, um auf die Beamten zu warten.

An Schlaf war allerdings auch nicht zu denken, und so holte sie sich stattdessen einen Stuhl, um sich am Fenster zu postieren. Sie musste versuchen, wach zu bleiben, damit sie den See im Auge behalten konnte. Gegen Mitternacht vernahm sie wieder dieses rätselhafte Grollen, welches sie schon beim Eintreffen an diesem Gewässer bemerkt hatte. Es rumorte und brummte derart heftig, dass Carmen keine Schwierigkeiten hatte, wach zu bleiben. Vielleicht war es tatsächlich eine Warnung, jedenfalls traute sich die junge Frau die ganze Nacht über nicht aus der Hütte.

Die ganze Zeit über hatte sie darüber nachgedacht, ob sie überhaupt jemanden holen sollte. Und sie fand, dass sie ihre Beobachtungen nicht beweisen konnte. Denn der Tote war nicht mehr da und der See lag ruhig, als sei nie etwas gewesen. Nein, sie musste sich lediglich entscheiden, ob sie bleiben wollte oder doch wieder nach Hause fahren mochte. Sie blieb und suchte nach einer Sonnenliege. Im hinteren Teil der Hütte fand sie einen hölzernen Sonnenstuhl. Denn schleppte sie ans Ufer und legte sich in die Sonne. Der Latte Macchiato schmeckte wunderbar und es schien, als wenn dieser neue Tag frei von allem Bösen sein würde. Bis auf die Tatsache, dass es ab und an mal leise brummte, tat sich nichts mehr. Irgendwann fand sie das Ganze auch gar nicht mehr so schlimm. Vielleicht hatte sie sich ja den Toten auch nur eingebildet oder es war ein Gag, den man sich extra für die meist einsamen Urlauber hier draußen ausgedacht hatte? Sie wusste es nicht und schob all ihre verrückten Erlebnisse kurzerhand ins Reich der Fantasie. Als es ihr immer wärmer wurde, wollte sie doch ins Wasser, um sich ein wenig frisch zu machen. Auch war das andere Ufer ganz nah, sodass es sicherlich keine Schwierigkeiten gäbe, dorthin zu schwimmen. Vorsichtig benetzte sie ihre Zehen mit dem frischen klaren Wasser. Ach, wie herrlich das doch war, und dann dachte sie gar nicht länger nach und lief laut Juhu-rufend in den See hinein. Mehrmals schwamm sie die kurze Strecke hin und zurück und fühlte sich dabei immer besser. Plötzlich jedoch schien es ihr, als wenn sich die Beschaffenheit des Wassers abrupt änderte. Und ausgerechnet jetzt war sie genau in

der Mitte des Sees. Als sie mit ihren Händen das Wasser untersuchte, erschrak sie fürchterlich – denn das Wasser war kein Wasser mehr, sondern zähes rotes Blut! Erschrocken und ängstlich paddelte sie in der zähflüssigen Brühe bis zum Ufer zurück und lief sofort zur Hütte. Sie zitterte am ganzen Leibe und spülte das Blut mit einem Kanister Wasser von ihrer Haut. Als sie zum See  zurücklief, war da wieder reines frisches Wasser, so, als sei es niemals anders gewesen. Jetzt wurde es ihr zu bunt, sie wollte nur noch weg! Hastig packte sie ihren Trolley und warf ihn in ihren Wagen. Unterdessen schäumte das Wasser des Sees wieder auf und erhob sich bedrohlich hoch in die Luft. Immer näher kam es und es rauschte dabei ganz fürchterlich. Carmen startete den Wagen, doch es war wie verhext, der Motor sprang einfach nicht an. Immer wieder versuchte sie es und endlich, als das schäumende Wasser wie eine drohende Wand hinter ihr angekommen war, heulte der Motor laut auf. Panisch gab sie dem Wagen die Sporen und schaffte es gerade noch rechtzeitig, der riesigen Wasserwand zu entfliehen. Die Hütte allerdings war nicht mehr zu retten, sie knickte zusammen als sei sie aus Streichhölzern errichtet. Das gesamte Areal verwüstete die Monsterwelle und Carmen schaffte es gerade so bis zur Straße. Dort war nichts mehr von der Wasserwand zu sehen und es wurde wieder still. Lange fuhr die junge Frau, bis sie schließlich ein Motel erreichte. Offenbar waren keine Geäste da, denn es stand lediglich ihr

Fahrzeug auf dem naturbelassenen Parkplatz. Am ganzen Leibe zitternd lief sie in das Haus und setzte sich in die kleine Gaststube. Sie musste sich erst einmal einen ordentlichen Schnaps genehmigen, damit sie wieder ruhig wurde. Nach dem dritten Schnaps spürte sie, wie die Wärme in ihre Glieder und schließlich auch in ihren Leib zurückkehrte. Die neugierige Wirtin  setzte sich zu ihr und erkundigte sich, wie es ihr ging. Carmens Zunge war durch die Schnäpse ein wenig gelockert und so erzählte sie von dem sonderbaren furchterregenden See. Interessiert hörte sich die Wirtin alles an und wurde doch sehr nachdenklich dabei. Dann kratzte sie sich auf der Stirn und meinte mit recht düsterer Stimme: „Ja ich weiß, das hat schon einmal ein Urlauber berichtet, die dort Ferien machen wollte. Allerdings habe ich ihn später nie mehr gesehen. Dafür machte eine alte Geschichte die Runde. Es hieß, dass vor hundert Jahren eine junge Frau dort gelebt haben sollte. Sie konnte keine Kinder bekommen und betete jeden Abend am Ufer des Sees, doch endlich schwanger zu werden. Eines Tages badete sie in dem ruhigen Wasser des Sees und einen Tag später gebar der See ein Baby, es war ein kleiner Junge. Und man munkelt, dass der See gar kein See sei, sondern eine Gebärmutter, die in ihrer Flüssigkeit neues Leben entstehen lässt, und unter keinen Umständen und von niemandem gestört werden will." Carmen konnte es nicht glauben, sollte das wirklich alles der Wahrheit entsprechen? Als sie

in das Gesicht der Wirtin schaute, ahnte sie jedoch, wie sie das verstehen musste. Denn die
Wirtin schaute gar nicht mehr so freundlich wie
eben noch, sondern ziemlich ernst. Und ihre
plötzlich feuerrot aufblitzenden Augen unter-
malten gespenstisch ein monotones Rumoren
und Grollen, das Carmen schon einmal irgendwo
gehört zu haben glaubte …

Friedhof

Stacey und Jody waren eng befreundet. Sie waren noch sehr jung und unternahmen sehr viel miteinander. Doch am tollsten fanden sie es, abends über den Friedhof spazieren zu gehen. Es war zugegebenermaßen ein recht ungewöhnliches Hobby, welchem sie sich verschrieben hatten.  Doch sie hatten mit dem alten Friedhofsverwalter abgesprochen, wenn auf einem Grab die Blumen oder Einpflanzungen nicht ganz in Ordnung waren, diese wieder anständig auf die Gräber zu stellen. Auch an jenem düsteren Novemberabend des Jahres 1995 trieben sich die beiden Mädchen mal wieder stundenlang auf dem Friedhof herum. Eigentlich war ihnen nicht sehr wohl zumute, doch sie hatten eine Menge Spaß, als sie sich über die neuesten Erlebnisse mit den Jungs aus ihrer Clique unterhielten. Es wurde immer dunkler und die beiden hatten sich so richtig verquatscht. Erst als die Uhr auf dem Gebäude der Friedhofsverwaltung schlug, schauten sie erschrocken auf ihre Armbanduhren. Es war bereits Zwanzig Uhr und sie mussten dringend ins Wohnheim ihrer Universität. Gespenstisch pfiff der Wind um die alten Grabsteine und verfing sich im morschen Geäst der umstehenden Eichen. Die Geräusche, die sie plötzlich hörten, versetzten sie in Angst und Schrecken. Es knisterte und knackte ganz in ihrer Nähe. Noch nie waren sie so lange auf dem Friedhof unterwegs. Sie liefen los und durchquerten das Gelände. Allerdings mussten sie durch ein Areal des Friedhofs, welches etwas abseits lag und schlecht einsehbar war. Dort standen die ältesten Grabsteine und manches Grab wurde seit Jahren nicht mehr gepflegt. Die beiden Mädchen wussten genau, was ihnen bevorstand, denn nur ungern gingen sie an diesen alten Grabstellen vorüber.  Sie hielten sich an den Händen fest, und als es schließlich auch noch zu regnen begann, hielten sie es vor Kälte und Gruseln einfach nicht mehr aus. Sie husteten schon und hatten noch immer ein gehöriges Stück Weg vor sich. Plötzlich endete der Weg. Und obwohl sie wussten, wo sie hinwollten, schien es doch nun, als ob sie sich verirrt hätten. Sie standen zwischen den alten Grabsteinen und schauten sich ängstlich um. Überall starrten sie die kalten steinernen Gesichter der Figuren an, die einst auf den Grabstellen befestigt wurden. Und im düsteren Licht einer einsamen hin- und herpendelnden Laterne verschwammen die Schatten dieser Figuren ganz merkwürdig und bildeten furchtbare und verzerrte monsterähnliche Silhouetten. Die Mädchen standen unschlüssig und zitternd vor der Wiese und wollten gerade wieder umkehren, um den rechten Weg zu suchen. Da bemerkten sie zwischen den alten Grabsteinen zwei rote Lichter hindurchblinken. Sie ahnten bereits, was das zu bedeuten hatte. Doch sie wollten es nicht glauben. Denn den Teufel hatten sie noch nie gesehen. Und auf einem Friedhof schon gar nicht. Trotzdem war ihnen die Sache nicht geheuer. Nur, wohin sollten sie fliehen? Sie wussten ja den Rückweg nicht mehr. Stacey zog ihr Handy aus der Jackentasche. Doch es war wie verhext, das Handy hatte keinen Empfang. Und egal wo sie sich auch postierte, nirgends bekam ihr Handy das erforderliche Netz. Und Jody trug überhaupt kein Handy bei sich. Den beiden  wurde eiskalt und ihnen lief ein fürchterlicher Schauer über den Rücken. Denn immer wieder tauchten die beiden roten Lichter vor ihnen auf. Vollkommen verängstigt versteckten sie sich hinter einer hohen Stele. Stacey schaute nach oben und entdeckte einen entsetzlichen Vogel, der in Stein gehauen auf der Stele thronte. Er hatte ein böses Gesicht, doch Genaueres konnten die beiden nicht erkennen, denn es war einfach zu dunkel. Das düstere Licht der Laterne begann zu flackern. Die Mädchen hatten Angst, dass es verlöschen könnte. Doch sie wollten ihr Versteck nicht aufgeben. Zu groß war die Angst, dem Teufel zu begegnen. Aber so oft sie auch hinter der Stele hervorschauten, immer sahen sie die beiden roten Lichtpunkte vor sich. Sie schwebten über der Wiese, nicht weit von ihnen entfernt. Plötzlich verschwanden sie und an deren statt ertönte ein merkwürdiges Zischen. Die Mädchen zitterten vor Angst und hielten sich aneinander fest. Vermutlich war ihnen der Teufel schon dicht auf den Fersen und würde sich in Kürze brüllend auf sie stürzen. Die Laterne flackerte immer stärker und spendete kaum noch Licht. Es reichte einfach nicht aus, um zu erkennen, worum es sich bei den roten Lichtern handelte. Plötzlich vernahmen sie Stimmen und erschraken fürchterlich. Sie versteckten sich hinter einem dichten Gebüsch und hielten sich aneinander fest. Und plötzlich hörten sie jemand sprechen: „Hallo, sind Sie da? Ich weiß, dass Sie hier sind. Hallo!" Die Mädchen glaubten schon, ihr Ende sei in greifbarer Nähe, da erkannten sie die Stimme, es war die des Friedhofsverwalters. Er suchte wohl schon nach ihnen. Denn sie hatten ihre Fahrräder am Friedhofsgebäude abgestellt, und der Verwalter, der noch einmal ins Büro wollte, um etwas zu holen, hatte sie bemerkt. Vermutlich machte er sich Sorgen, weil er die beiden Mädchen kannte und genau wusste, dass sie noch nie so viel Zeit auf dem Friedhof verbrachten. Er kam ihnen schon entgegen, und es war seine Taschenlampe, welche dieses seltsame Licht verbreitete. Der Verwalter meinte, dass er wegen eines Augenfehlers nur mit diesem rötlichen Licht etwas in der Dunkelheit erkennen konnte. Die beiden Mädchen allerdings fanden das schon sehr sonderbar. Der Verwalter begleitete sie noch bis zum Friedhofsgebäude. Dort dankten ihm die Mädchen noch einmal für die Hilfe. Ohne ihn hätten sie den Weg ganz sicher nie gefunden. Und Stacey bemerkte noch lakonisch: „Nur gut, dass wir ein Kreuz umhängen haben. Da konnte uns wenigstens der Teufel nichts anhaben." Der Friedhofsverwalter lächelte ganz merkwürdig und schaute den beiden misstrauisch nach, als die schließlich mit ihren Fahr-

rädern den Friedhof verließen. Als sie fort waren, verschlechterte sich das Wetter mehr und mehr. Der Friedhofsverwalter aber zog sich seine schwarze Kapuze über den Kopf und lief langsamen Schrittes zwischen den Gräbern entlang. Dabei leuchteten seine Augen plötzlich feuerrot auf und aus seinem Mund zischte eine grelle Flamme. Schließlich verschwand er in der großen alten Stein-Stele mit dem furchterregenden Vogel obendrauf. Man hatte ihn nie wieder gesehen ...

Schwarzer Schleier

ch kannte Pierre schon seit meiner Jugendzeit. Zusammen hatten wir so manche
Weinflasche geleert und auch sonst sehr
viel miteinander erlebt. Damals schwärmten wir
von ausländischen Filmschauspielrinnen und
Pierre vergötterte die französische Schauspielerin
Simone Signoret, deren Filme er alle kannte. Er
hatte dutzende Fotos von ihr an den Wänden
seines Zimmers und zu gern hätte er sie einmal
selbst kennen gelernt. Allein der eiserne Vorhang
verhinderte das. Nach der Wende heiratete Pierre eine dunkelhaarige Französin und zu ihr nach
Frankreich. Es war ein Brief, der mich wieder an
ihn erinnerte. Er lebte in einem kleinen Dorf bei
Lyon. Der Brief, der mich erreichte, hatte seine
Frau an mich geschrieben. Er musste wohl sehr
viel von mir gesprochen haben, dass er sich ver-
anlasst fühlte, mir zu schreiben. Doch nicht Pierre hatte den Brief geschrieben, sondern seine
Frau Adrienne. Natürlich wunderte ich mich und
wollte auch darauf antworten, aber ich bemerkte
am Schreibstil, dass mit Pierre irgendetwas nicht
stimmen konnte. So recherchierte ich nach seiner
Telefonnummer und fand diese auch heraus. Ich
rief dort an und seine Frau Adrienne teilte mir
mit, dass Pierre im Krankenhaus liege. Er litt
angeblich an einer schweren Lungenentzündung,
was mich nicht sonderlich wunderte. Schon in
unserer Jugendzeit hatte Pierre geraucht wie ein
Schlot. Oft hatte ich ihm gesagt, dass dies einmal

71

böse Folgen haben würde. Ich zeigte ihm damals sogar ein Foto in einer Zeitung, auf welchem ein makabres Bild einer verkrebsten Lunge abgebildet war. Pierre jedoch interessierte das nie. Er zündete sich die nächste Zigarette an und meinte kurz: „Willst Du auch eine?" Ich gab es dann auf, ihn noch zu bekehren. Es hatte eh keinen Sinn.  Adrienne meinte, dass die Lungenentzündung angeblich nichts mit seinem Rauchen zu tun haben sollte. Er hätte eine Grippe gehabt, die wohl nicht richtig angeheilt war. Nun ja, ich wollte mir selbst ein Bild von Pierres Zustand machen und fuhr kurzerhand zu ihm. Es dauerte, bis ich den winzigen Ort, in dem er lebte gefunden hatte. Adrienne und er bewohnten ein kleines Bauernhaus. Doch es sah schon recht erbärmlich und heruntergekommen aus. Und ich erinnerte mich daran, dass Pierre nie sehr viel Wert auf Äußerlichkeiten legte. Vielleicht profitierte ich von dieser Eigenschaft. Denn so sah er über manche Dummheit, die ich so anstellte, großzügig hinweg. Er war eben ein richtiger Freund. Adrienne öffnete mir und ich sah, dass ihr diese ganze Sache doch sehr nahe ging. Sie hatte tiefe Falten im Gesicht, die ganz sicher nicht vom Alter gekommen waren. Dennoch rang sie sich ein Lächeln ab. Sie wollte gerade ins Krankenhaus zu Pierre. Ich bot ihr an, sie mit meinem Wagen mitzunehmen. Sie willigte ein und zog sich schnell etwas über. Dann fuhren wir los. Im Krankenhaus standen wir zunächst vor einem leeren Bett. Zwar musste das Zimmer das richtige sein, doch

Pierre war nicht mehr dort. Adrienne befürchtete bereits das Schlimmste, doch ich beruhigte sie. Ich fragte einen Krankenpfleger nach Pierre. Der teilte mir mit, dass Pierre verlegt worden sei. Er schickte uns in ein Zimmer gleich neben der Intensivstation. Für Adrienne war das ein sicheres Zeichen, das es sehr ernst um ihren Mann stehen musste. Als wir das Zimmer betraten, konnte ich nicht fassen, in welch schlimmen Zustand sich Pierre befand. Ich machte mir Vorwürfe, nicht schon eher mal nach ihm gefragt zu haben. Doch die Zeit und die Arbeit hatten mich zu tief in mein eigenes Leben eintauchen lassen und so vergaß auch ich so langsam alles um mich herum. Pierre lag in seinem Bett und ich hätte ihn beinahe nicht wiedererkannt, so zusammengefallen erschien er mir. Adrienne umarmte ihn, doch Pierre schien das gar nicht so recht mitzubekommen. Auch mich nahm er kaum zur Kenntnis. Ich begrüßte ihn, doch er regierte nicht. Mir kamen die Tränen, als ich sah, wie vergeblich sich Adrienne um ihn bemühte. Die arme Frau erschien mir so hilflos und überfordert, dass ich ihr eigentlich helfen wollte, dieses schwere Schicksal durchzustehen. Doch ich wollte vor Pierre nicht den starken Mann markieren. Zu schnell könnte er sich aufgeben, sollte er das doch noch bewusst verfolgen können. Als er schließlich einen schweren Hustenanfall bekam, rief Adrienne sofort den Arzt. Auf dem Flur vor Pierres Krankenzimmer sprach ich mit Adrienne.

Doch sie war derart aufgelöst, dass sie kaum ein Wort hervorbrachte. Mir tat das alles so unendlich leid, dass ich mir selbst Vorwürfe machte, nichts für die beiden armen Seelen tun zu können. Adrienne meinte aber nur, dass ich ihr nicht helfen könnte. Irgendwann konnte sie nicht mehr und wollte nur noch weg. Wir verabschiedeten uns von Pierre, der bemitleidenswert in seinem Bett lag. Dann gingen wir in die Stadt. Ich drängte Adrienne, sich mit mir in eines der zahlreichen Straßencafés zu setzen. Ich wollte sie auf andere Gedanken bringen. Und es gelang auch. Doch dann sah ich diese rätselhafte Frau. Sie stand zwischen den Stühlen des Cafés und war in schwarze Schleier gehüllt. Ich konnte ihr Gesicht nicht erkennen, weil auch das von einem schwarzen Schleier verhüllt wurde. Zunächst konnte ich mir nicht vorstellen, dass diese seltsame Frau wegen uns dort stand. Doch als sie näherkam, ahnte ich, dass es irgendeinen Zusammenhang zwischen ihr und Pierre geben musste. Ich konnte aber nicht ahnen, welcher das sein könnte. Ich fragte Adrienne, ob sie diese Frau kannte. Doch als die sich nach ihr umdrehte, war sie verschwunden. Mir erschien das mehr als merkwürdig. Was hatte das zu bedeuten? War das vielleicht ein erster Hinweis auf Pierres baldiges Ableben? Oder hatte ihr Erscheinen einen völlig anderen Grund? Ich zahlte und dann wollte Adrienne nach Hause fahren. Ich brachte sie zu sich nach Hause und wollte noch einmal in die Stadt zurückkehren. Diese rätselhafte

schwarz gekleidete Frau hatte meine Neugierde geweckt. So fuhr ich noch einmal zu Pierre ins Krankenhaus. Der lag noch immer teilnahmslos in seinem Bett. Und da war sie wieder, diese sonderbare Frau. In ihren schwarzen Kleidern stand sie neben Pierres Bett und starrte immerfort in meine Richtung. Ihr Schleier vorm Gesicht war ein wenig verrutscht, doch ich konnte sie noch immer nicht erkennen. Nur die Tränen, die ihr über die Wangen liefen, sah ich. Dutzende Fragen schossen mir durch den Kopf. Ob sie eine schöne Frau war? Ob Pierre sie kannte? Die fremde Frau bewegte plötzlich ihren Arm und zog ein schwarzes Spitzentaschentuch aus ihrem langen Kleid. Dann legte sie es auf Pierres Stirn und verschwand. Dieses Verhalten fand ich erst recht sehr seltsam. Ich wollte das Tuch von Pierres Stirn nehmen, doch als ich es herunternahm, entglitt es mir und segelte wie von Geisterhand gesteuert zurück. Wie ein Leichentuch lag es auf Pierres Stirn und ich war ratlos. Ich konnte mir keinen Reim auf all das machen.

Sollte ich eine Schwester holen? Oder einen Arzt? Aber warum, es war ja nichts passiert. Nachdenklich wollte ich das Krankenzimmer verlassen, da erschien erneut diese Fremde Frau. Diesmal beugte sie sich zu Pierre und streichelte ihm über die Stirn. Und wieder legte sie ein schwarzes Taschentuch darüber, bevor sie verschwand. Und wieder ließ es sich nicht von Pierres Stirn herunternehmen. Es flog immer wieder dorthin zurück, sobald ich es von dort nahm. Mir wurde diese Sache zu bunt, ich drückte den Knopf, um eine Schwester zu rufen.

Doch der schien nicht zu funktionieren, eine Schwester kam nicht. Was ging hier nur vor? Da schoss es mir plötzlich durch den Sinn! Vielleicht wollte mir diese seltsame Frau ein Zeichen geben? Es musste mit Pierres Gesundheitszustand zu tun haben. Lag Pierre nicht wegen einer angeblich schweren Lungenentzündung in der Klinik? Was, wenn es gar keine Lungenentzündung war? Vielleicht war sie längst abgeklungen oder nicht mehr gar so schlimm? Litt Pierre etwa an etwas anderem? Hatte dieses Leiden vielleicht etwas mit Pierres Stirn zu tun, mit seinem Kopf vielleicht? Schlagartig dachte ich an einen Hirntumor. Die schwarz gekleidete Frau erschien erneut und starrte in meine Richtung. Dann bemerkte ich, wie sie auf Pierres Stirn deutete und dabei mit ihrem Kopf nickte. Offenbar lag ich richtig mit meiner Vermutung. Ich rief einen Arzt und sprach mit ihm. Der ließ sich zunächst nicht beschwichtigen. Doch als ich es dringend und notwendig machte, vorgab, dass Adrienne sehr gern ein CT von Pierres Kopf anfertigen lassen würde, willigte er ein, ein solches CT durchzuführen. Noch am selben Tag wurde Pierres Kopf untersucht und es stellte sich tatsächlich heraus, dass Pierre an einem Hirntumor litt. Er war schon sehr weit fortgeschritten aber glücklicherweise noch immer operabel. Er wurde entfernt und es grenzte an ein Wunder. Nach der schwierigen OP besserte sich Pierres Zustand

merklich. Er erkannte Adrienne wieder und auch mich und war erstaunt, dass ich zu ihm gekommen war. „Gute Freunde lässt man eben nicht im Stich", sagte ich zu ihm und wir freuten uns beide, dass wir uns wieder getroffen hatten. Nur war der Anlass eben nicht so schön, aber was machte das schon aus. Ich war froh, ihm geholfen zu haben und Adrienne konnte ihr Glück kaum in Worte fassen. Sie weinte andauernd und Pierre hatte große Mühe, sie wieder zu beruhigen. Nach einer Woche konnte Pierre erst einmal nach Hause entlassen werden und ich erzählte ihm von der seltsamen, schwarz gekleideten Frau, die mich auf diesen Gedanken mit seinem Kopf gebracht hatte. Pierre schaute mich ungläubig an. Er glaubte mir wohl nicht und ich konnte ihn gut verstehen. Er nahm wohl an, dass ich den wahren Grund, der mich zu diesem Handeln veranlasste, verschweigen wollte. Doch kurz vor meiner Abreise geschah etwas, dass Pierre von meinen Aussagen überzeugte. Als wir am letzten Abend noch zusammensaßen und uns über so manche Dinge aus unserer Jugendzeit unterhielten, erschien plötzlich die schwarz gekleidete Frau. Sie schwebte vorm Fenster und rührte sich nicht. Pierre erschrak sich derart, dass er sich die Augen rieb, weil er es nicht glauben konnte. Und Adrienne fiel beinahe in Ohnmacht. Doch ich rettete die Situation indem ich meinte, dass das diese rätselhafte Frau sei, die mir diese Hinweise gab. Diesmal jedoch hob sie ihren Schleier vorm Gesicht und ich konnte nicht fassen, wen ich da

77

erblickte. Es war die von Pierre einst so verehrte französische Filmschauspielerin Simone Signoret, die 1985 an einem Krebsleiden verstarb …

Sieh, nun hat er dich geholt
Der Allmächtige ist hier
Doch du bleibst nicht lange dort
Kommst zurück zu diesem Ort
Weil es Gott für dich gewollt

Pestbeulen

Es war um 1356 in der Nähe von Frankfurt am Main. Die Pest wütete fürchterlich und eine schreckliche Rattenplage hatte das kleine Dorf, welches mitten im Wald lag und welches eigentlich gar keiner kannte, gerade erst heimgesucht. Claudius lebte mit seiner kleinen Familie, seiner Frau Mathilda und seinem Sohn Karl in einer kleinen windschiefen Hütte zwischen den Bäumen. Es war ein wirklich hartes Leben und die Angst, der Schwarze Tod könnte sich nach der Rattenplage auch hier breitmachen, schwebte wie ein unheilvolles Omen über der Siedlung. Als dann auch noch die Kunde von unzähligen Toten in den umliegenden Siedlungen durch das Dorf waberte, schien die Angst komplett. Es war die alte Agatha, die seit Jahren als Kräuterfrau am Rand des Dorfes lebte, die unkte, dass schon bald etwas Schreckliches geschehen würde. Es war verständlich, dass auch Claudius große Angst um seine Familie hatte. So ging er eines Abends heimlich zu Agathe, die eigentlich gar nicht so beliebt unter den Leuten war, weil man von ihr sagte, dass sie eine böse Hexe sei, um Kräuter von ihr zu holen. Er glaubte, dass vielleicht diese Kräuter etwas gegen die wütende Pest ausrichten konnte. Doch als Tage später eben diese Agathe von der Pest getötet wurde, ließ er seine Frau und seinen Sohn nicht mehr aus dem Haus. Nur er ging mutterseelenallein in den Wald, um Holz für den Ofen zu besorgen. Auch an jenem regnerischen Sonntag lief  er schon früh zeitig los, um beizeiten wieder zurück zu sein. Der Regen peitschte ihm ins Gesicht und er war sich auf einmal gar nicht mehr so sicher, ob er an diesem Tag die schwere Arbeit bewältigen könnte. Auch fühlte er sich schwach und so kam es, wie es kommen musste: Kraftlos und außer Atem fiel er auf das feuchte Moos zwischen den Bäumen. Auf seiner Haut zeichneten sich die verhängnisvollen Umrisse schwarzer Pestbeulen ab und es schien, als wenn auch er vom Schwarzen Tod ins Jenseits befördert worden sei. Plötzlich erschien ein alter Mann, den bisher noch niemand je zu Gesicht bekommen hatte. Es musste wohl ein Fremder aus der Stadt sein, der sich in diesen Wäldern verirrt zu haben schien. Als er Claudius am Boden liegend erblickte, beugte er sich zu ihm herab und sprach ganz leise zu ihm:

Sieh, nun hat er dich geholt
Der Allmächtige ist hier
Doch du bleibst nicht lange dort
Kommst zurück zu diesem Ort
So, wies Gott für dich gewollt

Kaum hatte er das gesprochen, holte er aus seinem grauen Jutesack einen Laib Brot hervor und brach ein Stückchen davon ab. Das kleine Stück Brot gab er Claudius, der es nahm und aß. Es dauerte gar nicht lange, da spürte Claudius, wie die Kraft in ihn zurückkehrte. Eine ganz neue, überwältigende Stärke begann in seinem Leib zu pulsieren und das Leben kehrte in ihn zurück.  Als er endlich aus eigener Kraft aufstehen konnte, war der Fremde verschwunden. Claudius suchte ihn im Wald, doch die Bäume standen so dicht, dass er ihn nirgends entdecken konnte. Dafür fand er das Brot, von welchem er ein Stückchen gegessen hatte und er nahm es an sich. Noch einmal schaute er sich um, sah zum Himmel hinauf und flüsterte ein: Dankeschön. Mit Tränen in den Augen lief er nach Hause, denn er wollte an diesem Tag kein Holz mehr schlagen, wollte nach seinen Lieben schauen, weil er sich sehr um sie sorgte. Auch wollte er seine Geschichte den anderen erzählen, doch als er Zuhause eintraf, musste er mit Schrecken feststellen, dass auch seine Familie vom Schwarzen Tod befallen war. Wie tot lagen sie in ihren Betten und röchelten nur noch. In ihren Gesichtern hatten sich schwarze Pestbeulen ausgebreitet und Claudius wusste im ersten Moment nicht, was er tun sollte. Aber dann holte er den Leib Brot hervor und brach für jeden ein kleines Stückchen davon ab. Und kaum hatten seine Frau und sein Sohn das Brot gegessen, wurden sie wieder gesund. Schon bald war alles wie vorher und alle fühlten sich gut. Es war auch noch genug Brot für die Bewohner des Dorfes da, die allesamt von der Pest bedroht wurden. Und es war einfach unfassbar, aber das kleine Dorf war das Einzige, in welchem sich die Pest nicht weiter auszubreiten vermochte. Niemals wurde das je erwähnt, denn als die Bewohner Jahre später fortzogen, gab es das Dorf nicht mehr. Doch in  den alten Sagen, die man sich in Frankfurt und der Umgebung manchmal erzählt, spricht man noch heute von dem sagenhaften Fremden, der ein Brot hatte, welches die Bürger vor der Pest rettete. Ja, und manchmal glaubt man, aus der Ferne sogar eine seltsame Stimme zu hören, die ein leises Liedchen singt:

Sieh, er hat euch nicht geholt
Der Allmächtige ist fort
Alles ist, wies immer war
Sonne scheint so hell und klar
So, wies Gott für euch gewollt

Schwarze Lady

Lady Macbeth war eine bekannte Magierin. Ihre Shows zogen dutzende Interessenten an. Sie lebte allein in einem großen Schloss und nur selten ließ sie Gäste dort hinein. Deswegen war man schockiert, als sie verschwand. Nirgends konnte man sie finden. Auch die Polizei war überfordert. Man munkelte bereits, sie habe sich selbst weggezaubert. Eines Tages jedoch fanden Spaziergänger eine Leiche am See hinter dem Schloss. Es war ihr 76. Geburtstag und ein grünes Handtuch trieb im eiskalten Wasser des Sees. Schnell fand man heraus, dass es sich bei der Toten um Lady Macbeth handelte. Sie wurde erwürgt, doch den Täter fand man nicht. Die Jahre vergingen und das steinerne Grabmal im Schlossgarten wurde langsam von den umstehenden Pflanzen und Sträuchern in Besitz genommen. Niemand kümmerte sich darum, und Lady Macbeth hatte auch keinerlei Nachkommen. Das Schloss verfiel und verwandelte sich schließlich in eine gruselige Ruine. Und auch jetzt, wo Lady Macbeth nicht mehr am Leben war, kam niemand, um an ihrem Grab Blumen zu hinterlegen. Auch in das alte Schloss traute sich keiner. Ein windiger Geschäftsmann schließlich kaufte das Gelände und verwandelte die gesamte Schlossanlage in ein vornehmes Schlosshotel. Das steinerne Grabmal ließ er stehen, kümmerte sich auffallend besorgt um die Grabstelle. Und beinahe schien es, als würde die

Seele von Lady Macbeth durch die neu gestalteten Räume geistern und sich an dem frischen Wind, der nun in den Gebäuden herrschte, erfreuen. Doch so sollte es nicht bleiben. Wie ein grausamer Fluch kam das Grauen über den Ort. Eines Tages fand man eine Leiche im Weinkeller. Der Mann wurde erwürgt. Und Erinnerungen wurden wach, Erinnerungen an Lady Macbeths furchtbaren Tod. Sollte der Mörder etwa an den Ort seiner grausamen Tat zurückgekehrt sein? Die Polizei tappte im Dunkeln. Sie konnte den Täter nicht finden. Zwei Wochen verstrichen, da fand man eine Tote im Swimmingpool. Auch diese Dame wurde erwürgt, vermutlich mit einem Handtuch. Und wieder gab es vom Täter keine Spur. Sollte nun das Ende des Schlosshotels gekommen sein? Eines Tages erschien eine rätselhafte Lady in der Hotelhalle. Sie trug ein langes schwarzes Kleid und ihr Gesicht wurde von einem schwarzen Schleier verhüllt. Als sie an der Rezeption stand schaute sie sich lange um. Dann nahm sie ihre Zimmerschlüssel in Empfang und verschwand wortlos.

Sie hatte keinerlei Gepäck dabei, nur eine schwarze Handtasche. Die Hotelgäste, die jene Unbekannte gesehen hatten, verspürten eine seltsame Kühle, die in der Luft lag. Und es war ganz merkwürdig, aber sie fuhr mit einem Fahrtsuhl nach oben, der eigentlich stillgelegt war. Die Lady hatte Zimmer Nummer 77. Sie wollte unter keinen Umständen gestört werden. Und als sie am nächsten Morgen nicht zum

Frühstück erschien, kümmerte sich auch keiner um sie. Doch als sie auch am Mittag nicht im Restaurant erschien, veranlasste der Hoteldirektor, im Zimmer nachzuschauen, ob alles in Ordnung sei. Mehrmals klopfte der Page an die Tür, doch es öffnete niemand. Schlief die Lady vielleicht noch? Auf dem Fußboden entdeckte er ein grünes blutverschmiertes Handtuch. Es lag auf dem Gang und der Page hatte einen furchtbaren Verdacht. Vorsichtig schloss er die Tür auf und trat ein. Zunächst konnte er nichts Verdächtiges sehen, doch dann sah er, dass einer der Ohrensessel zum geöffneten Fenster ausgerichtet war. Der Page lief zum Sessel und erschrak! Im Sessel lag der leblose Körper der vermissten Lady. Umgehend rief er den Direktor. Als der erschien, geschah etwas Merkwürdiges. Das grüne Handtuch schien sich zu bewegen. Es entwickelte ein regelrechtes Eigenleben. Zunächst glaubten alle, der Wind, der durch das geöffnete Fenster drang, sei schuld daran. Doch plötzlich erhob sich das Handtuch wie von selbst in die Luft, flog ins Zimmer hinein und wedelte um die tote Lady herum. Die Anwesenden fuhren erschrocken zur Seite, beobachteten schockiert den Spuk. Das Handtuch kreiste eine Weile über den Leuten, dann fuhr es hinunter, geradewegs auf den Hoteldirektor zu. Der fuhr entsetzt zur Seite, doch es war bereits zu spät. Das Handtuch wirbelte drohend um seinen Kopf und schlang sich schließlich in Windeseile um seine Hände. Der Direktor konnte gar nichts tun, denn alles ge-

schah derart schnell, dass er nicht mehr reagieren konnte. Doch das Handtuch gab noch immer keine Ruhe. Wie eine Hand, die aus der Hölle kam, zog es den Direktor gnadenlos zu Boden. Dort blieb es haften und hielt den Direktor gefangen. Der lag hilflos und gefesselt am Boden und konnte sich nicht mehr rühren. Und nun sahen es auch die herbeigeeilten Hotelgäste. An  seinen Händen klebte Blut, welches nicht von ihm zu stammen schien. Die schnell eintreffende Polizei befreite den Direktor aus seiner misslichen Lage und verhaftete ihn sofort. Es stellte sich heraus, dass er der gesuchte Mörder war. Das Blut an seinen Händen und am Handtuch glich eindeutig dem Blut der Toten. Er gab schließlich alles zu. Auch die anderen Hotelgäste hatte er aus Geldgier umgebracht. Später konnte auch die geheimnisvolle Tote identifiziert werden. Es war Lady Macbeth und es war ihr 77. Geburtstag. Und das grüne Handtuch war das gleiche, mit welchem sie damals am See erwürgt wurde ...

Geheimnisvolle Frau

E s waren wunderschöne Spätsommertage an dieser märchenhaften Steilküste. Der scheinbar endlose Atlantik schlug hier mit zügelloser Kraft an die Felsen und erzeugte weißen Schaum auf den meterhohen Wogen. Würzig schmeckte die Luft und sie schien voller Abenteuer zu stecken. Ich liebte diese Wildheit und setzte mich ins Gras nahe dem Abgrund. Lange schaute ich auf den tobenden Ozean hinaus bis ich plötzlich diese seltsame Frau sah. Regungslos stand sie am Rand des Abgrundes, ungefähr hundert Meter von mir entfernt und starrte hinunter in die Tiefe. Sie war mit einem langen schwarzen Gewand bekleidet, welches ganz sanft vom Wind bewegt wurde. Mir kam das sehr seltsam vor und wollte zu ihr hinübergehen. Doch als ich aufstand, um zu ihr zu gehen, verschwand sie plötzlich. Ich schaute mich nach allen Seiten um, doch ich konnte sie nirgends mehr entdecken. Als es dann auch noch zu regnen begann, lief ich zu meiner kleinen Pension zurück. In der gemütlichen Gaststube aß ich zu Abend und kam mit einem älteren Mann ins Gespräch. Wir unterhielten uns über das Wetter, das Meer und so manch' andere Themen. Und da wir uns recht gut verstanden, stellten wir uns vor. Er nannte sich Bob. Wir hatten eine Menge Spaß und er bestellte eine Runde nach der anderen. Irgendwann konnte ich nicht mehr und gab

87

zum guten Schluss noch meine merkwürdige Beobachtung an der Steilküste zum Besten. Doch Bobs Reaktion war nicht so, wie ich sie mir erhoffte. Er wurde sehr ernst und meinte dann, dass vor zehn Jahren eine Frau namens Claire Adams an der Steilküste umgebracht wurde. Sie wurde erstochen, aber den Täter konnte man nie finden. Und so irrt die Seele dieser Frau noch immer an der Steilküste umher. Ich war zu müde, um etwas dazu zu sagen und zog mich auf mein Zimmer zurück. Obwohl ich todmüde ins Bett fiel, ging mir die Sache mit dieser rätselhaften Claire nicht aus dem Sinn. Sollte tatsächlich etwas Wahres an dieser Geschichte sein oder war das alles nur Seemannsgarn? Am nächsten Morgen verließ ich schon sehr zeitig die Pension. Ich wollte im Ort ein wenig recherchieren. Vielleicht bekam ich ja einige Informationen darüber, was sich damals zugetragen hatte. An einem kleinen Zeitungskiosk wurde ich fündig. Die allseits informierte Zeitungsverkäuferin schien sich noch sehr genau erinnern zu können. Sie sagte, dass Claire Adams damals mit einem streitsüchtigen Seemann verlobt war. Doch dieser Mann war ein Schläger und verprügelte Claire täglich. Immer sei sie mit blauen Flecken am Kiosk erschienen. Eines Tages aber kam sie nicht mehr. Es hieß, ihr Verlobter habe sie erstochen und dann die Steilküste hinuntergestürzt. Und so schien es auch zu sein. Denn man fand Claire tot und mit dutzenden Messerstichen im Leib am Fuße der Steilküste zwischen den spitzen Steinen liegend. Oben-

drein trug die Leiche der armen Frau unzählige Knochenbrüche und blaue Flecke. Doch ob die von den Schlägen herrührten oder nur die Verletzungen nach dem entsetzlichen Sturz waren, konnte man nicht mehr herausfinden. Zu lange lag die Leiche im seichten Wasser zwischen den Felsen. Ich hörte der Verkäuferin aufmerksam  zu, erwähnte jedoch nichts von meinen merkwürdigen Beobachtungen an der Küste. Nachdenklich ging ich wieder zur Wiese auf der dem Felsen. Ich legte mich ins Gras und dachte lange nach. Wo konnte der Täter nur sein? War es wirklich dieser Seemann? Und wenn, wo hielt er sich jetzt auf? Der Wind wurde immer stärker und verwandelte sich in einen tobenden Orkan. Ich hatte große Mühe, mich gegen die heftigen Böen zu stemmen, als ich zur Pension zurücklief. Unterwegs sah ich einen Mann, der ebenfalls von der Steilküste kommen musste. Er hatte wie ich mächtig gegen den Sturm anzukämpfen. Irgendwie erschien mir das Verhalten des Mannes recht seltsam, denn er schaute sich ständig nach allen Seiten um. Mir schien, als störte es ihn, dass ich ihn beobachtete. Hinter einem alten Haus verschwand er schließlich. Ich wäre gern weiter an ihm drangeblieben, doch der Sturm war einfach zu stark. Nur mit größter Anstrengung erreichte meine Pension. In meinem Zimmer versuchte ich, meine Gedanken und Beobachtungen, sowie die Informationen der Zeitungsverkäuferin zu sortieren. Aber so sehr ich auch versuchte, mir ein stimmiges Bild zusammenzustellen, es gelang mir einfach nicht. Nichts passte so richtig zusammen. Und der fremde Mann, der sich ständig umschaute musste keinesfalls der Täter gewesen sein. Immerhin waren zehn Jahre seit dieser grausamen Tat vergangen. Der Täter konnte schon lange im Ausland leben oder vielleicht selbst schon tot sein. Trotzdem ließ mir das Ganze keine Ruhe mehr. Außerdem  erinnerte ich mich, dass viele Täter oft an den Ort ihrer Tat zurückkehren. Sollte das auch hier der Fall sein? Gegen Abend hatte sich der Sturm gelegt und ich ging wieder zur Wiese auf der Steilküste. Irgendwie hatte ich mich in diesen wundervollen ruhigen Ort verliebt. Mir gefiel es dort und ich genoss jede Minute. Plötzlich sah ich den fremden Mann, der mir schon am Vormittag durch sein seltsames Verhalten auffiel. Ich fragte mich, was er hier zu suchen hatte. War er mir gefolgt? Wollte er etwa zu mir? Vielleicht hatte er ja doch etwas zu verbergen? Er kam immer näher, doch plötzlich stolperte er und stürzte. Offenbar war das Gras noch sehr nass und der Fremde rutschte einige Meter bis zum Abgrund. Dort erkannte er, in welcher Gefahr er sich befand und schrie laut. Ich war längst aufgesprungen und rannte zu ihm, um ihm zu helfen. Doch als ich kurz vor ihm war, verließen ihn die Kräfte. Er rutschte den Abhang, der glücklicherweise nicht so steil an dieser Stelle war hinunter und blieb regungslos auf den spitzen Steinen am Ufer liegen. Erschrocken schaute ich hinunter und begriff im ersten Moment nicht, was da geschah.

Plötzlich erschien die schwarz gekleidete Frau – sie schwebte über dem Abgrund und starrte ohne Rührung hinunter. Dann schaute sie zu mir und zeigte mit einer Hand nach unten zu dem Fremden. Jetzt begriff ich, was sie meinte. Der fremde Mann musste der Täter sein, der sie damals ermordete. Minutenlang schwebte sie über dem Abgrund und der Wind verfing sich gespenstisch in ihren schwarzen Kleidern. In der Jackentasche suchte ich nach meinem Handy, fand es aber nicht. Noch einmal schaute ich nach unten, wollte mich vergewissern, dass der Fremde noch am Ufer lag. Hinunter klettern konnte ich nicht. Es war einfach zu gefährlich. Wenn ich ausrutschte und ebenfalls abstürzte, könnte ich keine Hilfe holen. Ohne noch weiter nachzudenken rannte ich, so schnell ich konnte in den Ort zur Polizei. Dort schilderte ich kurz den Sachverhalt und teilte den Beamten meinen Verdacht mit. Mit einem Hubschrauber flogen die Beamten sofort los und fanden den Mann. Er lag noch immer wie leblos auf den Steinen am Fuße der Felsen. Doch er lebte und konnte sicher geborgen werden. Tage später erfuhr ich, dass er alles gestanden hatte. Außerdem stimmte seine DNA mit der an der damals am Fundort der Toten gefundenen Geldbörse überein. Demnach war es damals an der Steilküste zu einem heftigen Streit gekommen. Nachdem seine Frau ihm offerierte, dass sie ihn verlassen würde, drehte er durch und erstach sie mit einem Taschenmesser. Dann stieß er sie die Steilküste hinunter. Bei seiner

überhasteten Flucht verlor er seine Geldbörse. Sie fiel ebenfalls hinunter und lag neben der Toten auf einem großen Stein. Das Taschenmesser bewahrte in seinem Hause auf. Die Polizei fand es bei der Durchsuchung seines Hauses unter den Kieselsteinen in seinem Aquarium. Als ich am Tag darauf wieder an der Steilküste spazieren ging, sah ich die rätselhafte Frau in den schwarzen Kleidern. Sie schaute zu mir herüber und ich bemerkte, dass sie lächelte. In diesem Augenblick wusste ich, dass ihre Seele endlich die Ruhe fand, die sie bisher nie finden konnte. Dann verschwand sie und kehrte niemals wieder zurück.

Kannibalen

Die Partys der beiden Hausbesitzer Friedrich und Karl schienen grenzenlos. Beinahe jedes Wochenende feierten sie und die umliegende Nachbarschaft fragte sich schon, wie lange dieser fürchterliche Krawall noch andauern sollte. Denn der Lärm war schier grenzenlos und die Betrunkenen grölten penetrant durch die nächtlichen Straßen der großen Stadt Hamburg.

Es war die junge Studentin Amelie, die im Nachbarhaus des fragwürdigen Duetts lebte und sich vornahm, etwas dagegen zu unternehmen. Sie wusste, dass sie mit Beschwerden oder gar der Polizei keinen Schritt vorankommen würde, denn solche Art Leute würden sich ganz bestimmt gemein an ihr rächen und am Ende noch lautere Partys feiern als bisher. Sie wollte es auf eine andere Art und Weise versuchen. So schmuggelte sie sich einfach unter die zahlreichen Gäste einer solchen „Week-End-Party" und feierte ordentlich mit. Dabei vermied sie es geflissentlich, auch nur einen Schluck Alkohol zu sich zu nehmen. Es gelang ihr, und schon bald avancierte sie zu einer gern gesehenen jungen Lady, die mittanzte und sich amüsierte, wie es letztlich von ihr erwartet wurde.

Eines Nachts wollte Amelie nun zur Tat schreiten und den Partylöwen einen gehörigen Streich spielen. Dazu nahm sie eine winzige Kamera mit zu den Gastgebern, die natürlich niemand sehen konnte, weil sie gut versteckt war. Es gelang ihr, ungeschoren bis zur Party vorzudringen, kannte man diese junge offenherzige junge Frau doch schon, weil sie erst kürzlich wohl bedacht einiges Geld für Getränke gespendet hatte.

Und so mischte sich Amelie unter die rockenden und saufenden Gäste und nahm alles unbemerkt auf ihren Mikrochip auf, was sie nur einfangen konnte. Ein Mittvierziger, der es besonders bunt zu treiben schien, war ihr Anhaltspunkt. Sie verfolgte ihn überall hin und nahm seine Aktivitäten, also seine Saufarien und seine späteren Gröl-Attacken genau auf. Später wollte sie anhand eben dieses jungen Mannes beweisen, wie laut diese Partys abliefen und wie belästigend sie für die umliegende Bevölkerung waren.

Es war gegen drei Uhr, als die Fete ihr Ende fand. Die Leute waren müde und wollten endlich heim. Auch Amelie tat so, als wollte sie gehen. Doch insgeheim heftete sie sich an den fremden Mann, den sie mit Datum und Uhrzeit aufzeichnen wollte, damit sie all das später einem Staatsanwalt vorlegen konnte. Als der Fremde von der Toilette aber nicht mehr zurückkehrte, wunderte sie sich. Keinem schien etwas aufgefallen zu sein und die beiden scheinheiligen Gastgeber taten so, als sei ihnen gar nicht aufgefallen, dass jemand fehlte. Zum Schein verabschiedete sich Amelie von den beiden Männern und tat so, als würde sie das Haus verlassen. Doch insgeheim schlich sie sich um das Haus herum und verbarg sich hinter einem dichten Busch. Hier war es

dunkel und in diesem sicheren Schutz überlegte
sie, wie so weiter vorgehen könnte. Über dem
Busch waren die Toilettenfenster, wodurch sie
später schauen wollte. Der fremde Mann jedoch
war noch immer nirgends zu sehen und als es
endlich ruhig geworden war, alle Gäste gegan-
gen waren, kletterte Amelie auf den Sims und
zog sich bis zu den Fenstern hinauf. Glückli-
cherweise war sie recht sportlich und so gelang
ihr diese waghalsige Klettertour. Hinter den
Fenstern allerdings war niemand. Der fremde
Mann aber musste wohl doch irgendwie aus dem
Haus gelangt sein. Wieso hatte ihn Amelie nicht
gesehen? Sie hatte ihn doch genauestens beobachtet und sich ständig an seine Fersen geheftet.
Was ging hier nur vor? Sie spürte, dass irgendetwas in ihrem Magen arbeitete. Es war ein Gefühl, das sie bis zu diesem Moment nicht kannte,
es war keine Angst, aber es war ein Knistern, ein
merkwürdiges Summen, dass sich wie ein Bie-
nengeschwader durch ihren Leib bewegte. Vielleicht war es ein Gruseln, eine Art von Furcht,
die sie sich nicht zu erklären vermochte. Und
eigentlich wollte sie ihr Vorhaben doch wieder
abbrechen, aber dieses Gefühl ließ sie einfach
nicht mehr los und so blieb sie einfach an der
seltsamen Sache dran. Mit einem gewagten Satz
sprang sie vom Sims und wartete kurz ab. Und
wie sie so nachdachte, vernahm sie plötzlich ein
rätselhaftes Geräusch. War das ein Tier, ein Mar-
der vielleicht, ein zwitschernder Vogel, aber das
Geräusch glich keinem der vermuteten Tiere,

vielmehr schien es aus dem Keller des Hauses zu kommen. Ein Kellerfenster stand offen, doch es war viel zu klein und zu schmal, dass Amelie hätte dort einsteigen können. Sie musste nach einem Hintereingang suchen, vielleicht konnte sie ja von dort in das Haus gelangen. Tatsächlich fand sie eine solche Tür, die sich sogar öffnen ließ. Doch dann überkam sie doch noch die kalte Angst, die sie ein wenig zögern ließ. Sollte sie sich wirklich dieser Gefahr aussetzen oder doch besser nach Hause fahren? Gab es überhaupt eine Gefahr? Die Neugierde siegte und so trat sie ein. Im Inneren des Kellers roch es moderig und muffig und es war feucht und kalt. Vorsichtig und langsam schlich sie durch einen langen Gang bis sie schließlich vor einer hölzernen Türe stand. Dort war das sonderbare Geräusch am lautesten. Zaghaft drückte sie die schmiedeeiserne Klinke und öffnete die Tür einen winzigen Spalt. Für einen Augenblick hielt sie den Atem an und lugte schließlich mutig durch die schmale Öffnung. Nur langsam gewöhnten sich ihre Augen an die plötzliche Helligkeit, aber was sie dann erblickte, ließ sie vor Schreck erstarren! Auf einem langen Tisch, der von mehreren Lampen angestrahlt wurde, lag der gesuchte fremde Mann. Und die beiden vermeintlichen Gastgeber standen um ihn herum, hatten lange, Macheten gleichende Messer in den Händen und grässlich verzerrte, blutverschmierte Gesichter. Überhaupt glich der gesamte Raum einem Schlachtraum und Amelie wusste nicht, was sie in diesem ent-

setzlichen Moment noch denken sollte. Ihre wirren Gedanken schossen Purzelbäume und sie spürte, wie das Zittern und Beben in ihren Armen und Beinen immer heftiger wurde. Ihr Herz schlug ihr bis zum Hals und die Übelkeit machte sie wie ein immer heftiger werdender Orkan in ihrem ganzen Leibe breit. Sie konnte nicht mehr stehen und rutschte schließlich kraftlos in sich zusammen. Dennoch konnte sie sich mit letzter Kraft an der kühlen Wand hinter sich festhalten und richtete sich mühsam wieder auf. Sie musste schnellstens die Polizei rufen und so schlich sie sich auf die Wiese hinterm Haus, wo sie ihr Handy zückte. Die schnell eintreffende Polizei umstellte das Gebäude und stürmte es schließlich. Doch bis auf den verstümmelten Leichnam fanden sie niemanden mehr. Die beiden Hausbesitzer hatten sich wohl zuerst gierig über den jungen Mann hergemacht und mussten anschließend in Panik geflohen sein. Amelie zeigte den Beamten das soeben aufgenommene Video, doch auch dort waren die beiden Gastgeber nicht zu sehen. Es schien, als wenn die beiden einfach gelöscht wurden, aber wie war so etwas nur möglich? Auch die Telefonnummern der Gäste, die bei den Partys mit dabei waren, hatte sie nicht. Und so wurde das Haus schließlich gesperrt und strengstens bewacht. Doch die Sache wurde noch mysteriöser. Denn als die Polizei in den Medien nach den Gästen der Partys suchte, meldete sich niemand. Es schien, als ob all das, die verrückten lauten Partys, die ausschweifen-

den Feiern nie stattgefunden hätten. Und die beiden vermeintlichen Partylöwen konnten nicht dingfest gemacht werden, weil man sie nicht finden konnte. Es war eine alte Zeitung, die A-melie in ihrer Jackentasche fand. Darauf hatte sie sich wohl eine Notiz gemacht, als sie den fremden Mann beobachtete. Sie wollte den Papierfetzen schon wegwerfen, da stutzte sie. Denn der Artikel, der auf dieser Seite zu lesen war, schien wohl von Kannibalen zu handeln. Als sie das schwarzweiße Foto darunter betrachtete, traf sie beinahe der Schlag. Denn es zeigte die beiden Hausbesitzer, die von der Polizei gesucht wurden. Als sie den Artikel jedoch weiterlas, sprang ihr beinahe das Herz aus der Brust! Denn es war ein Zeitungsartikel aus einer längst vergangenen Zeit! Dort stand, dass es sich bei den beiden Kannibalen um die Massenmörder Friedrich Haarmann und Karl Denke handelte. Allerdings waren die beiden Personen des kannibalischen Grauens schon seit neunzig Jahren tot...

Im Moor

Eigentlich hatte ich mir meine freien Tage etwas anders vorgestellt. Ich wollte in den Süden, um noch ein paar Sonnenstrahlen zu tanken, bevor der Winter mit seiner Eiseskälte über uns Nordeuropäer gnadenlos hereinbrach. Kurz vor der gebuchten Reise jedoch erhielt ich einen Anruf vom Reiseveranstalter, dass man die Reise wegen einer Grippeepidemie stornieren müsste. So entschied ich mich, im Lande zu bleiben. Zwar fand ich das nicht unbedingt so prickelnd, war aber dennoch froh, endlich einmal ausspannen zu können. Die kleine Pension, weit draußen im Märkischen hatte irgendetwas. Und jetzt im Herbst kamen auch kaum Gäste. So erfreute ich mich ganz allein der Herrlichkeit des Seins. Der Kaffee schmeckte immer und ich hatte genügend Zeit, das reichhaltige Frühstücksbuffet zu genießen. Ich konnte außerdem meine täglichen Spaziergänge ausdehnen, wie es mir gefiel. Die seltsamen Ereignisse begannen an einem Samstagabend. Den ganzen Tag war ich unterwegs. Sogar in das etwas weiter entfernte Moorgebiet wagte ich mich. Sandra, die Pensionsbesitzerin hatte mich zwar gewarnt, dort nicht allein hin zu gehen. Aber meine Neugierde trieb mich regelrecht dorthin. Immerhin war ich bisher noch nie in einem Moor unterwegs. Das Gebiet konnte man nicht ganz übersehen. Nebelschleier waberten über die feuchten Wiesen. Als es auch noch zu regnen begann, wollte ich wieder zur Pension zurück. Doch der Nebel war so stark geworden, dass ich mich verlief. Leicht genervt hockte ich mich auf einen morschen Baumstumpf und kramte mein Handy aus der Hosentasche. Es war nicht zu glauben, aber der Akku war leer. „Mist", rief ich laut. „das ist ja wie einem Horrorfilm!" Es nutzte nichts. Ich musste warten bis sich der Nebel etwas gelichtet hatte. Doch das  konnte Stunden dauern. Irgendwelche komischen Szenarien gingen mir durch den Kopf. Ich sah mich schon von wilden Fabelwesen aus den Tiefen des Moores verfolgt. Da ich nicht der Typ langem Zögerns war, schulterte ich meinen Rucksack und lief vorsichtig los. Das seichte Gras bewegte sich schon unter meinen Füßen. Und ich hatte nur noch einen einzigen Gedanken – hoffentlich versinke ich nicht. Als der Boden unter meinen Füßen so langsam wieder etwas fester wurde, vernahm ich ein seltsames Surren in der Luft. Es hörte sich an wie ein herannahender Bienenschwarm. Das Surren wurde immer lauter. Ich blieb stehen und starrte in die Luft. Es war klar, dass ich bei diesem Nebel nichts erkennen konnte. Trotzdem beunruhigte mich das Geräusch. Das Surren war jetzt so stark, dass mich das starke Bedürfnis plagte, sofort wegzurennen. Angst kam auf und ich spürte meine feuchten Hände. Plötzlich tanzten um mich herum unzählige schwarze Kreise. Sie tanzten auf und nieder und bewegten sich rasend schnell. Dann verbanden sich die unzähligen Kreise zu einem einzigen riesigen schwarzen Kreis. In sei-

nem Inneren erkannte ich so etwas wie ein Gebäude. Zumindest sah es so aus. Aber es hätte auch alles anders sein können. Immerhin konnte ich vor lauter Angst keinen klaren Gedanken mehr fassen. Der riesige schwarze Kreis blieb minutenlang vor mir stehen. Dann wurde er blasser und verschwand schließlich ganz. Ich  hatte mich derart erschrocken, dass ich mich auf die feuchte Wiese fallen ließ. Was konnte das nur gewesen sein? Hatte ich vielleicht eine Halluzination? Manche sagen, dass es im Moor Irrlichter geben sollte. War das vielleicht ein solches? Meine Gedanken schossen Purzelbäume. Glücklicherweise verschwand der Nebel so langsam. Ich hatte wieder freie Sicht und konnte sehen, in welche Richtung ich gehen musste, um zum festen Land zurück zu kehren. Als ich in der Pension eintraf, stürzte Sandra mir schon laut rufend entgegen: „Mann, da sind Sie ja endlich. Ich habe Sie schon angerufen. Doch Ihr Handy...!"
Ich musste derart verdutzt geschaut haben, dass Sandra stutzte. „Was haben Sie denn", erkundigte sie sich irritiert, „Sie sehen ja aus, als hätten Sie ein Gespenst gesehen. Ihre Redaktion hat angerufen. Sie sollen die noch fehlenden Texte bis heute Abend faxen." Ich nickte nur und meinte, dass ich erst einmal einen Schnaps brauche. Die Texte wollte ich später an die Redaktion faxen. Sandra setzte sich mit mir in die leere Gaststube. In diesem Moment hatte ich mir gewünscht, doch unter vielen anderen Gästen sein zu kön-

nen. Die Einsamkeit hier draußen machte mich nicht unbedingt ruhiger.

Aber nach dem zweiten Wodka und den neugierigen Blicken der hübschen Wirtin Sandra wich die Nervosität einem permanenten Mitteilungsbedürfnis. Die Flasche Wodka wurde leerer, Sandra immer interessanter und meine Zunge  immer lockerer. Als Sandra von dem schwarzen Kreis hörte, wurde sie plötzlich sehr ernst. Ihre ernsten Blicke flogen irritiert in der Gaststube umher. Dann meinte sie: „Das hat mir vor drei Wochen schon einmal ein Gast berichtet. Doch er konnte mir nichts mehr darüber erzählen." Mit lallender Stimme erkundigte ich mich nach dem Grund, warum dieser ominöse Gast nicht mehr sprechen konnte. Sandra meinte nur, dass man seine Leiche Tage später im Moor gefunden habe. Als man ihn schließlich bergen wollte, verschwand er vor den Augen des Bergungstrupps plötzlich in einem solchen schwarzen Kreis. Ich erschrak. Seine Leiche? Ich konnte es nicht glauben. Völlig entkräftet und todmüde verschwand ich erst einmal in mein Zimmer. Ich musste dringend ins Bett. Am folgenden Tag fühlte ich mich einfach furchtbar. Der Kater saß in jedem meiner Knochen. Da half auch die halbe Kanne Kaffee nicht viel. Sandra hingegen schien gut gelaunt und fröhlich. So, als habe sie unser Gespräch letzte Nacht nicht weiter beeindruckt. Auch bemerkte ich, dass einige neue Gäste in der Gaststube saßen und sich angeregt unterhielten. Mir fiel ein Stein vom Herzen. Ich fühlte mich nicht mehr so einsam und allein hier draußen. Lächelnd kam Sandra an meinen Tisch und bat mich, später noch einmal ins Büro zu kommen. Sie habe mir noch etwas zu erzählen. Nachdem ich mein Frühstück verdrückt hatte, ging ich zu ihr. Sie erzählte mir von Gegenständen, die plötzlich verschwunden seien. Auch seien Bäume, die gerade erst gepflanzt wurden, plötzlich völlig verdorrt umgefallen. Autos seien verschwunden. Sandra hatte, während sie erzählte, Tränen in den Augen. Völlig aufgelöst meinte sie, dass das der eigentliche Grund sei, warum sie kaum Gäste hatte. So etwas spräche sich natürlich schneller herum als es einem lieb sei. Die wenigen Gäste, die ihr noch die Treue hielten, konnten aber den Umsatz nicht mehr steigern. Und irgendwann müsste sie wohl Insolvenz anmelden. In ihren Augen entdeckte ich Traurigkeit und Verzweiflung. Was musste diese kleine Frau in den letzten Monaten gelitten haben. Trotzdem ließ mich der Gedanke nicht los, dass all das mit diesem schwarzen Kreis zu tun haben musste. Ein seltsamer Verdacht, vielleicht auch endlose Neugierde machte sich in irgendeinem Hinterstübchen meines Journalisten-Gehirnes breit. War dieser simple schwarze Kreis vielleicht doch ein Irrlicht oder sogar ein „Schwarzes Loch"? Mir war nicht wohl bei diesem Gedanken. Trotzdem ich eine unglaubliche Angst hatte, noch einmal ins Moor zu gehen, war die Neugierde doch stärker. Sie hämmerte in mir wie ein Vorschlaghammer gegen die Wand. Diesmal

achtete ich darauf, dass mein Handy geladen ist. Auch packte ich mehr Esswaren und Getränke in meinen Rucksack als gestern. Ich vereinbarte mit Sandra eine Uhrzeit, zu welcher ich mich auf jeden Fall bei ihr melden würde. Sollte ich mich zum vereinbarten Zeitpunkt nicht melden, sollte sie die Polizei informieren. Mit meiner Digitalkamera bewaffnet zog ich schließlich los. Wohl war mir nicht. Doch ich wollte unbedingt herausbekommen, was es mit diesem seltsamen Phänomen auf sich hatte. An Zauberei oder gar Mystik glaubte ich nicht. Für meine Beobachtungen, wie auch für den rätselhaften Tod und das Verschwinden des Gastes musste es eine Erklärung geben. Das Moor lag in seiner Größe und Unwirklichkeit ruhig und seltsam friedlich vor mir. Ich traute dieser vermeintlichen Stille jedoch nicht so recht. Kaum zu glauben, was ich am gestrigen Tage hier erlebt hatte. Um etwas gemütlicher zu sitzen hatte ich mir einen aufklappbaren Campingstuhl mitgenommen. Auf einer kleinen und relativ stabilen Anhöhe baute ich mein kleines Lager auf. Dort ging ich sicher, dass mich das Moor nicht verschlingen würde oder ich irgendwo unbemerkt versank. Nachdem ich ein paar Züge aus meiner Wasserflasche genommen hatte, wartete ich geduldig ab. Sandra rief an, fragte, ob mir schon etwas Verdächtiges aufgefallen sei. Ich verneinte, bemerkte jedoch, dass sich wieder dieser seltsame Nebel bildete. Auch bemerkte ich, dass die Handyverbindung immer schlechter wurde. Schließlich und unver-

mittelt brach sie ab. Und wie gestern kroch wieder diese merkwürdige Angst in mir hoch. Diesmal aber verdrängte ich sie erfolgreich. Der Nebel war unterdessen so stark geworden, dass ich nichts mehr erkennen konnte. Ich schaute auf meine Armbanduhr. Die vereinbarte Zeit war noch nicht herangekommen. Ich hatte noch ca.  eine halbe Stunde Zeit. Das gab mir die nötige Sicherheit, auszuharren. Plötzlich hörte ich aus der Ferne wieder dieses seltsame Surren. Rasch kam es näher. Dann tanzten wieder unzählige schwarze Kreise vor meinen Augen. Und wie gestern verbanden sie sich zu einem einzigen riesigen Kreis. In seinem Inneren erschien wieder dieses Gebäude, welches ich nur schemenhaft erkennen konnte. Wie gebannt starrte ich auf das Phänomen. Dann fasste ich mich endlich, hielt meine Digitalkamera auf das Szenario. Entnervt und doch ruhiger als gestern schaute ich erneut auf die Uhr. Immer noch keine Minute vergangen – ich erschrak – es musste Zeit vergangen sein. Es mussten mindestens zehn Minuten vergangen sein. Doch meine Uhr zeigte nichts mehr an. Sie schien stehen geblieben zu sein. Was ging hier nur vor? Ich nahm all meinen noch vorhandenen Mut zusammen und schritt auf den schwarzen Kreis zu. Nichts geschah. Jetzt stand ich unmittelbar vor ihm. Würde er mich nun verschlingen? Was würde passieren, wenn ich einfach in ihn hineintrete? Ich hob den Fuß und schritt in das Dunkel des Kreises …

Augenblicklich nahm mich der Kreis in sich auf und ich begann mich zu drehen, schneller und schneller, mir wurde jedoch nicht schwindelig. Gleichzeitig raste ich auf das vermeintliche Gebäude zu. Meine Gedanken schienen sich ebenso schnell, wie ich auf das Gebäude zu raste, zu bewegen. War das tatsächlich ein „Schwarzes Loch"? Und wo würde ich ankommen? Ich schloss meine Augen und vergaß Raum und Zeit. Um mich herum breitete sich eine fremdartige Welt aus. Überall leuchteten frische grüne Wiesen. Der Himmel färbte sich mal blau, mal weiß und über mir schwebte eine riesige violette Sonne. Dann spürte ich einen heftigen Schmerz im Rücken. Langsam erwachte ich aus meinem unwirklichen Traum. Um mich herum befanden sich unzählige Apparaturen. Überall piepte und rauschte es. Irgendwelche Geräte leuchteten in allen möglichen und unmöglichen Farben. Eine Person mit einem weißen Mundschutz beugte sich über mich. Dann drehte sich die Person um und meinte in einer recht verständlichen Sprache: „Er kommt wieder zu sich!" Erleichtert, noch am Leben zu sein, rappelte ich mich auf. Die Person entpuppte sich als älterer Herr, der sich seinen Mundschutz vom Gesicht zog. Dann lachte er und sagte laut: „Na, das hat doch geklappt! Nur mit dem Ort funktioniert es noch nicht so ganz!" Entgeistert schaute ich dem Mann ins Gesicht. Ich wusste nicht, was da geschah. Doch eines schien mir klar, ich musste eine größere Strecke zurückgelegt haben. Denn

im Moor befand ich nicht mehr und meine Pension konnte ich nirgends entdecken. Später stellte sich heraus, dass ich tatsächlich durch ein „Schwarzes Loch" gereist war. Dieses Loch führte mich geradewegs zum einem Observatorium in der Schweiz. Seit einiger Zeit führte man dort Experimente zur Erforschung des Urknalls durch. Dabei erzeugte man ganz nebenbei dutzende kleine schwarze Löcher. Der Professor  hatte herausgefunden, dass diese „Schwarzen Löcher" ganz gezielt Materie in sich aufnehmen, um diese in ungeheurer Geschwindigkeit an jedes beliebige Ziel zu transportieren. Wie dies genau funktionierte, wollte man mir nicht erklären. Vielleicht wusste man es auch noch nicht so genau. Als ich wieder zu Sandra in die Pension zurückkehrte, erzählte ich ihr meine unfassbaren Erlebnisse. Ich berichtete ihr auch von meinem Traum innerhalb des „Schwarzen Loches". Vielleicht, so vermutete ich, sind ja auch die Gegenstände in diesen Löchern verschwunden? Sandra konnte das alles nicht wirklich zu beruhigen. Nervös strich sie sich ihre langen blonden Haare aus dem Gesicht. Schließlich erzählte sie mir von dem Gast, den man seinerzeit tot vor dem schwarzen Loch gefunden hatte. Zunächst fand ich nichts Aufregendes an ihrem Bericht. Doch was sie dann sagte, verschlug mir die Sprache. Der tote Gast sei bei meinem Verschwinden im schwarzen Loch ganz plötzlich wiederaufgetaucht. Man fand ihn an genau der Stelle, an welcher ich das „Schwarze Loch" entdeckte. Und er war lebendig und kein bisschen gealtert …

Tödliche Auszeichnung

Harold Smith war ein geldgieriger, bösartiger Mann, der nur an seinen eigenen Vorteil dachte. Er besaß zwei Chemiefabriken und verdiente Millionen. Doch auch in seinem Privatleben lief es nur, weil er den Ton angab. Seine Frau und sein Sohn hatten nichts zu melden. Alle litten unter Harolds Herrschaft. An seinem fünfzigsten Geburtstag sollte er schließlich ausgezeichnet werden. Man schlug ihn für die Medaille für Menschlichkeit und die Ehrennadel für besondere Verdienste in der Wirtschaft vor. Doch einige Wochen zuvor sollte ein windiger Journalist Harolds Treiben beinahe ein Ende setzen. Täglich fiel in den Fabriken eine Menge Abfall an. Doch dieser Abfall war hochgiftig, es war Giftmüll! So hätte er eigentlich ein besonderes Augenmerk auf die Sicherheit in seinen Firmen legen müssen. Und er hätte den Giftmüll auf speziellen Deponien entsorgen lassen müssen. Doch an dieser Stelle sparte er. Auch seine Arbeiter erhielten keinerlei Schutzkleidung. Und so kam es, wie es kommen musste – ein Arbeiter starb an den giftigen Abfällen in der Firma. Beim unsachgemäßen Verpacken des Mülls atmete er große Mengen giftigen Staubes ein und erstickte qualvoll daran. Harold allerdings weigerte sich, der Familie eine Abfindung zu zahlen, was den Journalisten schließlich dazu brachte, alles zu veröffentlichen. Aber Harold wäre nicht Harold, wenn ihm da nicht etwas besonders Gemeines einfiele. Er kannte den Chef des Journalisten. Mit ihm verbrachte er so manch heiße Nacht in diversen Rotlichtclubs. Und Harold hatte noch „Einen" gut bei diesem Chef. So wurde der Journalist gefeuert. Die Schweinerei wurde unter den Teppich gekehrt und alles blieb beim Alten. Unterdessen rückte der Tag der Auszeichnung immer näher.  Harold freute sich schon und probierte bereits Dutzende Anzüge an, er wollte der Schönste sein an diesem Tage. Endlich war es soweit und Harold ließ sich mit einer riesigen schwarzen Limousine zum stadtbekannten „Privatclub der Millionäre" chauffieren. Doch auch ein Transporter mit giftigem Müll aus Harolds Fabrik wurde auf den Weg gebracht. Davon jedoch wurde während des rauschenden Festes natürlich kein Wort gesprochen. Die Feier im Club begann und alle, die etwas zu sagen hatten, aber auch diejenigen, die gern etwas zu sägen hätten, waren anwesend. Es gab Kaviar und Schampus. Harold rief noch schnell bei seinem Spediteur an, ob mit dem giftigen Transport auch alles glattgegangen sei. Der gab Entwarnung und Harold saß siegessicher und mit geschwellter Brust auf seinem Platz. Nachdem viel Schmalz gefaselt wurde, Pöstchen gesichert waren und man sich gegenseitig beweihräuchert hatte, wurde Harold endlich auf die Bühne gebeten. Der Moderator mühte sich redlich, Harolds zweifelhaftes Schaffen schön zu reden. Er sprach davon, dass Harold ein besonders engagierter Geschäftsmann sei und verkündete, dass er demnächst sogar notleidenden Kindern helfen wollte. Dass er sich allerdings sämtliche Spenden mit überteuerten Preisen und Abschreibungen in dreifacher Höhe zurückholte, wurde totgeschwiegen. Harold hatte ein rosiges Gesicht, als ihm die beiden Medaillen angeheftet wurden. Schließlich erhielt er noch zwei Urkunden, in welchen man sich für seine Aufopferungsbereitschaft und die vielen Arbeitsplätze bedankte. Er  nahm sie entgegen und küsste sie mehrmals. Das sollte wohl zeigen, wie er sich freute, sie erhalten zu haben. Stolz stellte er sich ans Mikrofon und sprach noch einige scheinheilige Worte des Dankes zu den Leuten. Er meinte, dass er sich immer mühte, das Allerbeste zu geben und den Menschen wirklich immer nur geholfen habe. Er sprach von Liebe und Menschlichkeit. Doch was war das? Beinahe schien es so, als wäre ihm alles ein bisschen zu viel geworden, denn dicke Schweißperlen glänzten auf seiner Stirn. Er schwankte vor dem Mikrofon hin und her und griff sich dabei immer wieder an seinen Hals. Und es war kaum zu glauben, aber bei dem Wort „Menschlichkeit" sank er schließlich zusammen. Er stürzte der Länge nach auf die Bretter, die sonst eigentlich die Welt bedeuten sollten und rührte sich nicht mehr. Der sofort herbeigeeilte Notarzt konnte nur noch seinen Tod feststellen. Bei der späteren Obduktion fand man heraus, dass Harold an einer schweren Vergiftung starb. Die Ermittlungen ergaben schließlich, dass mit dem Giftmülltransport am Tag der Auszeichnung auch seine Ehrennadeln und die Urkunden transportiert wurden. Um Geld zu sparen, hatte Harold kurzerhand den Extratransport gestrichen. So wurden seine Urkunden und Ehrennadeln zusammen mit den giftigen Abfällen verpackt. Eines der Behältnisse musste wohl bei der holprigen Fahrt ein Leck bekommen haben oder es war schlichtweg zu miese Qualität, sodass sich der hochgiftige Staub über die Auszeichnungen verteilte. Als Harold die Auszeichnungen erhielt, gingen bereits geringe Spuren des Giftes auf ihn über. Das allein genügte jedoch nicht, um ihm die tödliche Dosis zu verabreichen. Als er aber die Urkunden küsste, nahm er die Gifte unfreiwillig und direkt in größerer Menge auf. Das Gift wirkte sofort und Harold wurde ein Opfer seiner eigenen Schandtaten! Natürlich wollten die Gerichtsmediziner wissen, wer den Giftmülltransporter beladen hatte. Man kontrollierte die Ladungspapiere und entdeckte eine Unterschrift darunter. Es war die des Arbeiters, der vor einigen Wochen beim Einatmen des tödlichen Staubes gestorben war …

Rätselhafter Tod

Nach den anstrengenden Tagen in der Redaktion legte mir mein Chef dringend an Herz, doch endlich auszuspannen. Ich überlegte nicht lange und fuhr ans Meer. Es war schon eine Ewigkeit her, als ich es zum letzten Mal gesehen hatte. Und nun lag es in seiner ganzen Pracht und Herrlichkeit vor mir. Als Kind waren wir so oft hier und ich hatte hier die schönsten Urlaube zusammen mit meinen Eltern verbracht. Ich mietete mich in einer kleinen Pension ein. Nicht weit entfernt stand ein alter verfallener Leuchtturm. Darunter fand ich ein einsames Fleckchen, an welchem ich jeden Nachmittag für Stunden verweilen und träumen konnte. Davor, zwischen uralten Weiden, erstreckte sich eine malerische Bucht. Ein Ort, wie geschaffen für die unheimlichsten Geschichten. Und ausgerechnet an dem Tage, als ich den Leuchtturm etwas näher untersuchen wollte, zog ein heftiges Gewitter auf. Der Sturm peitschte die alten Weiden hin und her. Immer wieder fielen merkwürdige Schatten auf den Turm. In einer kleinen Schneise stellte ich mein Fahrzeug ab. Noch war ich mir nicht im Klaren, ob es überhaupt Sinn hatte, jetzt dort hinauf zu gehen. Aber meine Neugier war stärker. Ja, es prickelte sogar bei dem Gedanken, die alten verwitterten Stufen nach oben zu gehen. Das Unwetter wurde immer schlimmer. Grelle Blitze zuckten. Es goss wie aus Eimern.

Zwischen dem Gedröhn des Donners erklang plötzlich ein seltsamer Gesang. Irritiert schaute ich mich um – es hörte sich an, als ob ein Mädchen sang. Oder war doch nur das Rauschen des Meeres, welches im dumpfen Donnergeräusch unterging? Obwohl mich der Regen bis auf die Haut durchnässte, ging ich langsam auf den Eingang des Leuchtturmes zu. Der vermeintliche  Gesang verstummte urplötzlich. Ich zog die alte verrostete Metalltür auf. Sie knarrte fürchterlich. Im Treppenhaus roch es modrig und alt. Von den Wänden hing die ehemals weiße Farbe in Fetzen herunter. Mit einem lauten Knall schlug die Tür hinter mir zu. Das Gewitter schien jetzt genau über dem Turm zu stehen. Durch den röhrenartigen Treppenaufgang prasselte der Donner in unzähligen Echos auf mich herab. Und dazwischen immer wieder dieser merkwürdige Gesang. Es nutzte nichts, ich musste hinaufgehen, um eventuell Genaueres auszumachen. Oben angekommen empfing mich ein heftiger Orkan. Die Verglasung hatte an mehreren Stellen riesige Löcher und die heftigen Windböen verhinderten beinahe, dass ich überhaupt die Kanzel betreten konnte. Mit aller Kraft stemmte ich mich gegen diese Urgewalt. Der zerborstene Scheinwerfer hing fest in der Verankerung und schien das einzige Bollwerk gegen die tosenden Naturgewalten. In seinem Windschatten schaute ich hinunter zum Strand. Am Ufer standen zwei Personen- ein junges Mädchen und ein junger Mann. Es musste das Mädchen sein, welches so wundervoll sang. Doch obwohl der Sturm die Wogen meterhoch aufwirbelte, standen die beiden scheinbar regungslos am Gestade. Ich wollte nach ihnen rufen, doch von hier oben hätte mich keiner gehört. Außerdem krachte der Sturm derart heftig gegen den Turm, dass ich mein eigenes Wort kaum verstand. Ich lief die Stufen wieder hinunter, um die beiden besser beobachten zu können. Doch als ich atemlos unten ankam, war keiner mehr zu sehen. Nur der Sturm peitschte das Wasser gegen den Strand, beinahe so, als wollte er es verschlingen. Völlig entkräftet fuhr ich zur Pension zurück. Der alte Kapitän, dem die Wirtschaft gehörte, schien heute Abend nicht sehr redselig zu sein. „Na, waren Sie beim alten Leuchtturm", fragte er mürrisch. Ich ließ mich nicht auf seine schlechte Laune ein. Vielmehr wollte ich einiges wissen und fragte ihn nach dem Besitzer des Turmes. Misstrauisch zuckte er mit seinen herabhängenden Schultern. Erst nach dem vierten Korn, den ich ihm ausgab, wurde er etwas redseliger. „Weiß nicht, wer der Eigentümer ist", sagte er dann, „man sagt, ein alter Fischer habe das Gelände gepachtet. Der wohnt aber seit Jahren nicht mehr dort. Seit dem furchtbaren Tod seiner Tochter und dessen Freund hat ihn wohl keiner mehr gesehen." Bei den letzten Worten kniff er seine Augen zusammen und tuschelte vor sich hin: „Die Gegend ist verhext! Da geht keiner gerne hin! Sie sollten auch aufpassen!" Schniefend stand er auf und verschwand, ohne sich noch einmal umzuschauen, in der Kü-

che. Und obwohl ich gern mehr von ihm erfahren hätte, musste ich mich mit dem, was er sagte, zufriedengeben. In der folgenden Nacht hatte ich einen merkwürdigen Traum. Ich sah mich durch die Dünen rennen. Doch so sehr ich auch rannte, immer wieder kam ich zu dem alten Leuchtturm. Alle Wege schienen dorthin zu führen. Im Turm führte eine endlose Wendeltreppe in ein dunkles feuchtes Gewölbe. Das Grundwasser schimmerte in allen Farben, doch plötzlich ging es nicht mehr weiter! Entsetzt starrte ich auf etwas, das aus dem Wasser ragte. Es war eine knochige Hand – sie umfasste irgendetwas – es schien ein Buch zu sein und es war blutverschmiert! Schweißgebadet erwachte ich – mühsam schnappte ich nach Luft. Ich hatte das Gefühl zu ersticken. Langsam kam ich wieder zu mir. Ich wischte mir den Schweiß aus dem Gesicht und knipste die kleine Nachttischlampe neben dem Bett an. Der Reisewecker zeigte kurz vor Zwei Uhr. Draußen regnete es noch immer. Ich stand auf und ging zum Fenster. In diesem Moment sah ich, wie der alte Kapitän aus der Richtung des Leuchtturmes gerannt kam. Er japste nach Luft und strich aufgeregt um mein Fahrzeug herum. Immer wieder schaute er durch die Scheiben in das Innere des Wagens. Außerdem hatte er etwas in der Hand – es sah aus wie ein Zettel und ein Stift. Wollte er sich etwas notieren? Nur was? Am nächsten Morgen wurde ich durch ein lautstarkes Klopfen an der Tür ge-

weckt. „Hallo Polizei, wachen Sie auf!" Ich schaute auf die Uhr, sie zeigte halb 8.

Vor der Tür standen zwei Polizeibeamte und fragten mich nach meinem Namen. Außerdem wollten sie wissen, ob mir das Fahrzeug, draußen auf dem Parkplatz gehörte. Gähnend nickte ich mit dem Kopf. Die Beamten baten mich freundlich aber bestimmt, sie zum Revier zu begleiten. Dort musste ich mich einem peinlichen Verhör unterziehen. „Ihr Fahrzeug wurde gestern beim alten Leuchtturm gesehen", fauchte mich einer der Beamten an, „stimmt das? Waren Sie dort?" Ich gab zu, dass ich dort war und erzählte den Beamten von meinen Erlebnissen. Als die Beamten mir aber berichteten, dass man unterm Leuchtturm die Leiche des alten Fischers, dem das Grundstück gehörte, gefunden hätte, wurde mir plötzlich vieles klar. Ich wollte den Beamten meinen Verdacht mitteilen. Doch die beiden ließen mich nicht mehr zu Wort kommen. Sie hielten mir vor, dass ich am Vorabend nach dem Eigentümer des Leuchtturmes gefragt hatte. Und sie machten mir klar, dass ich dadurch verdächtig sei. Als ich schließlich doch noch von meinen Beobachtungen in der Nacht berichten konnte und nachdrücklich erklärte, dass ich hier lediglich im Urlaub sei, ließen sie mich vorerst wieder gehen. Doch ich nahm mir vor, dieser merkwürdigen Sache auf eigene Faust auf den Grund zu gehen. Ich musste unbedingt die beiden Personen finden, welche ich am Tage des Unwetters am Strand gesehen hatte. Sie schienen

eine wichtige Rolle in diesem Fall zu spielen. Am Nachmittag packte ich deswegen meine Badetasche und gab vor, zum Baden an den Strand zu gehen. Ich Wirklichkeit jedoch wollte ich zum Leuchtturm. Einsam und verlassen stand der Turm zwischen den alten Weiden. Ich schaute mich mehrmals um, doch mir schien niemand gefolgt zu sein. Und da hörte ich ihn wieder, diesen merkwürdigen Gesang. Ich versteckte meine Badetasche im Gebüsch und schlich mich hinunter zum Strand, wo ich mich hinter einem dichten Gebüsch verbarg. Die beiden jungen Leute lagen friedlich im Sand. Das Mädchen sang mit heller Stimme ein trauriges Liebeslied. Mir war klar, dass ich mich nicht ewig verstecken konnte, wenn ich etwas herausfinden wollte. So gab ich meine Deckung auf und pirschte mich von hinten an die beiden heran. Als ich nahe genug war, rief ich: „Hi, hallo! Na, schönes Wetter heute!" Doch zu meiner Verwunderung reagierten sie nicht. Ich lief um die beiden herum, stand nun unmittelbar vor ihnen und rief noch einmal. Doch es gab keinerlei Reaktion. Vielleicht waren sie taubstumm oder gar blind, dachte ich mir. Ich streckte meine Hand aus und wollte einen der beiden an der Schulter berühren, doch meine Hand griff ins Leere. Erschrocken zog ich die Hand zurück. Was ging hier vor? Spielte mir meine lebhafte Fantasie einen Streich oder waren die beiden nur eine Fata Morgana? Ich konnte mir das alles nicht erklären. Plötzlich sprach das Mädchen zu mir. „Du musst

uns helfen", hob sie an und ihre Stimme klang unendlich traurig. „Komm heute Nacht wieder hierher an den Strand. Unterm Leuchtturm befindet sich ein altes Gewölbe. Dort wirst Du die Wahrheit finden." Mit diesen letzten Worten verschwanden die beiden in einer weißen Nebelwolke. Fassungslos ließ ich mich in den warmen Sand fallen. Was war hier nur los? Als ich  mich endlich wieder beruhigt hatte, zog ich meine Badetasche hinterm Gebüsch hervor und rannte in die Pension zurück. Es musste mir gelingen, hinter ihr unglaubliches Geheimnis zu kommen. Am Abend versuchte ich, mich mit starkem Kaffee wachzuhalten. Allerdings schien der alte Kapitän zu spüren, dass ich etwas vorhatte. Immer wieder kam er aus der Küche und schaute misstrauisch zu meinem Tisch herüber. Ich versuchte, seinen Blicken auszuweichen, legte mir schon eine Notlüge zurecht, falls er mich fragte. Doch dann änderte ich meine Planung. Ich nahm den Kaffee zunächst mit auf mein Zimmer und gab vor, dass ich noch einige wichtige Dinge zu schreiben hätte. Deswegen wollte ich wach bleiben. Der Kapitän schien angebissen zu haben, ging in seine Küche und ließ sich nicht mehr blicken. Dank des starken Kaffees hielt ich bis Mitternacht durch. Zwar pochte mein Herz bis zum Halse. Doch ich zwang mich zur Ruhe, wollte erst die Lage sondieren, ob es auch wirklich ruhig bliebe und mir der Kapitän nicht auf die Schliche kam.

Den Weg zum Leuchtturm hatte ich mir erheblich einfacher vorgestellt. Zumindest am Tage ließ er sich leicht finden. Doch jetzt, mitten in der Nacht? Ich konnte nicht einmal die mitgenommene Taschenlampe einschalten. Man würde mich sehen können. Und so tastete ich mich in totaler Dunkelheit an den Turm heran. Wie ein  drohender schwarzer Zeigefinger stand er vor mir. Es war totenstill, nur ein leichter Wind verfing sich in den nahen Weiden. Immer wieder blieb ich regungslos stehen, wollte vermeiden, dass mich doch noch jemand beobachten konnte. Im Turm angekommen schaltete ich die Taschenlampe ein. Unter der Wendeltreppe, die nach oben führte, entdeckte ich eine niedrige schmale Holztür. Nur sehr schwer ließ sie sich öffnen. Ich musste sehr vorsichtig sein, wollte jedes Geräusch vermeiden. Doch plötzlich knackte es laut. Ich zuckte zusammen und schaltete die Lampe aus. Wer konnte das sein? Der Kapitän? War er mir doch gefolgt? Eine Ewigkeit stand ich regungslos in der Tür. Doch es blieb ruhig. Ich atmete auf. Vorsichtig schob ich mich durch den engen Spalt in den dahinter befindlichen Raum. Mit den Füßen suchte ich nach einem Halt und tappte ins Leere. Nervös schaltete ich die Taschenlampe wieder ein. Ich stand unmittelbar vor einer steinernen Treppe, die steil nach unten führte. Unten endete sie in einer dreckigen Brühe. „Mist", fauchte ich, „das wars dann wohl!" Gerade wollte ich wieder umkehren, da ertönte leise die Stimme des Mädchens. „Warte", flüsterte sie, „unter der fünften Stufe liegt ein Buch. Lese es und Du wirst wissen, was Du zu tun hast." Obwohl mir plötzlich übel wurde vor Schreck, tat ich doch alles so, was sie sagte. Und tatsächlich! Unter der fünften Stufe ertastete ich einen Gegenstand, ich zog ihn hervor. Es war das besagte Buch. Ich wischte den Schmutz herunter und las dann: „Tagebuch von Arthur Müller." Neugierig schlug es auf. Verblüfft schaute ich auf endlose, handschriftliche Kritzeleien, die sich nur schwer entziffern ließen.  Einige Passagen jedoch konnte ich enträtseln: „Heute wurden die Leichen meiner geliebten Tochter und ihres Freundes gefunden", stand da geschrieben, „sie wurden erstochen und im Meer versenkt. Wer hat Dir das nur angetan, mein Herzchen. Ich schwöre Dir, ich werde nicht eher ruhen, bis ich den Schuldigen gefunden habe." Schockiert blätterte ich weiter und las: „Jetzt ist es soweit. Nun wirst Du endlich Deinen Frieden finden. Es war der Kapitän. Er hat mir alles gestanden, als er mal wieder betrunken in seinem Zimmer lag. Er hat zugegeben, dass er Dich vergewaltigt hat. Nun bin auch ich in Gefahr. Denn er wird mich töten, wenn er mich findet. Doch womit kann er mich schon bestrafen. Er hat mir ja schon das Liebste genommen, was ich hatte, Dich mein Herzchen. Mein geliebtes Töchterchen. Vielleicht schaffe ich es noch, zur Polizei zu gehen." Damit schloss die Seite. Es war die letzte Seite des Buches. Weiter kam er offensichtlich nicht mehr.

Der Kapitän musste ihn aufgelauert und schließlich erstochen haben. Was für ein gemeines Verbrechen! Was für eine abscheuliche Tat! Er hatte damals die Tochter des Fischers vergewaltigt und sie dann umgebracht. Als der Fischer irgendwann dahinterkam, musste sich der Kapitän des Mitwissers entledigen. Er erstach ihn mit einem Küchenmesser. Dann verwischte er die Spuren und warf das Messer vermutlich ins Meer. Er glaubte, dass so niemals mehr nachgewiesen werden könnte, wer der eigentlich Täter ist. Aber er rechnete nicht damit, dass der Geist der toten Tochter noch einmal zurückkehrte, um ihn zu verraten. Ich klappte das Buch zu und verließ eiligst den traurigen Ort. Noch in der gleichen Nacht brachte ich das Beweisstück zur Polizei. Stunden später wurde der Kapitän wegen dreifachen Mordes verhaftet. Ich entschloss mich, den Urlaub abzubrechen, um in der Redaktion den Fall aufzuarbeiten. Als ich Tage später nachts noch an meinem Rechner saß, um die Geschichte aufzuschreiben, vernahm ich plötzlich einen wunderbaren Gesang aus der Ferne. Eine mir so vertraute Stimme sang ein leises Lied und flüsterte dann nur noch: „Danke, Du hast uns befreit."

Besessen

Gerade in der dunklen Jahreszeit erinnere ich mich oft an eine schier unglaubliche Begebenheit. Vor vielen Jahren verbrachte ich den Jahreswechsel bei einem Bekannten auf dem Land. Klaus, ein geschiedener dunkelhaariger Mittdreißiger freute sich immer, wenn ich zu Besuch kam.  Wir erzählten uns dann stundenlang, was wir das ganze Jahr über so erlebt hatten. Und da sich unsere Interessen sehr ähnelten, gab es auch eine Menge Gesprächsthemen. Außerdem konnte er fabelhaft kochen. Besonders an Silvester zauberte er den herrlichsten Karpfen auf den Tisch. Auch an jenem 30. Dezember vor zwei Jahren besuchte ich ihn und brachte sogar etliche Flaschen Sekt mit. Trotzdem schien er wohl noch etwas vergessen zu haben. So fuhren wir noch einmal in die nahe gelegene kleine Stadt, um das Fehlende zu besorgen. Auf der Fahrt bemerkte ich, dass ihn irgendetwas beschäftigte. Er sprach nicht darüber. Doch er wurde immer schweigsamer. Im Supermarkt schließlich war er derart durcheinander, dass er nicht einmal mehr seine Geldbörse fand. Ich zahlte alles und stellte ihn zur Rede. Er starrte mich nur an und sagte dann stotternd: „Er kommt heute, ich weiß es genau, er wird heute kommen!" Ich fragte natürlich, wer da wohl noch kommen würde. Erst nachdem wir die Einkaufstüten im Wagen verstaut hatten, sagte er es mir: „Heute kommt der Leibhaftige, vor drei Nächten

123

lief er schon ums Haus. Und dann hing ein Zettel an der Tür, worauf stand, dass er heute kommen wird." Ich schaute Klaus misstrauisch an. Hatte er das wirklich ernst gemeint oder war das nur mal wieder einer seiner zahllosen Scherze, auf die ich schon so oft hereingefallen war. Als er sich aber einfach nicht mehr beruhigte, nicht einmal mehr den Wagen fahren konnte, glaubte ich ihm diese Geschichte. Natürlich fuhr ich den Wagen, und ich hatte große Sorge um seinen Gesundheitszustand. Als wir bei ihm eintrafen, hatte es zu regnen begonnen. Der schmale Weg, der zum Haus führte war spärlich beleuchtet. Plötzlich rief Klaus laut: „Da, da war etwas!" Ich fuhr herum, konnte aber nichts erkennen. „Klaus", rief ich nur, „da war nichts. Was sollte denn sein. Hier ist keiner!" Aber er war der festen Überzeugung, Schritte gehört zu haben. Ich schaute noch einmal auf die Straße hinaus. Doch mehr als den strömenden Regen konnte ich beim besten Willen nicht sehen. Die Straße war menschenleer. Ich gab Klaus einen Whisky und verwickelte ihn in ein Gespräch. So langsam beruhigte er sich wieder. Wir saßen zusammen auf dem Sofa und erzählten uns wie immer Geschichten aus unserer Jugendzeit. Ich hatte dabei nur einen Gedanken- ich musste Klaus von seiner fixen Idee abbringen. Irgendwann war ich so müde, dass ich ins Bett wollte. Wie sonst immer wollte ich im Gästezimmer schlafen. Doch Klaus schien ängstlich zu sein und bat mich, auf einer Luftmatratze mit ihm zusammen im Schlafzim-

mer die Nacht zu verbringen. Ich willigte ein und irgendwann nach Mitternacht schliefen wir ein. Es musste gerade mal eine Stunde vergangen sein, als ich von einem lauten Knacken aus dem Schlaf gerissen wurde. Erschrocken fuhr ich hoch. Draußen wütete ein heftiges Unwetter. Der Sturm hatte das Fenster aufgestoßen. Leise, um Klaus nicht zu wecken, stand ich auf, um es zu  schließen. Als ich nach Klaus sah, erschrak ich, sein Bett war leer. Ich schaltete das Licht ein, suchte das ganze Zimmer ab. Doch Klaus war nicht da. Laut rufend durchsuchte ich das ganze Haus. Ohne Erfolg. Klaus blieb verschwunden. Jetzt bekam auch ich es mit der Angst zu tun. Ich spürte, wie ein eisiger Schauer über meinen Rücken lief. Und ich dachte immerzu an Klaus' Worte – was, wenn wirklich der Teufel … Hastig zog ich mir eine Jacke über, suchte mir eine Taschenlampe und ging hinaus. Obwohl mir der Sturm den Regen ins Gesicht peitschte, versuchte ich irgendetwas auszumachen. Immer wieder rief ich laut nach Klaus. Doch es kam keine Antwort. Plötzlich drangen Wortfetzen an mein Ohr. Es musste von der Wiese hinter dem Haus kommen. Langsam schlich ich mich hinter das Gebäude. Was ich dort sah, erscheint mir noch heute so irreal, dass ich es nicht glauben kann. Eine Gestalt in einem schwarzen Umhang stand regungslos auf der Wiese. Vor ihr kniete Klaus und wimmerte. Die Gestalt hielt eine Sense in der Hand, doch das Gesicht der furchteinflößenden Erscheinung konnte ich nicht erkennen. Sie hatte

125

die Kapuze tief ins Gesicht gezogen. Ich weiß nicht mehr, woher es plötzlich kam. Aber wie aus heiterem Himmel packte mich eine unglaubliche Wut. Ich konnte Klaus nicht einfach so allein lassen. Für mich stand fest, dass es sich hier um einen mehr als üblen Scherz handelte. Augenblicklich richtete ich den Lichtkegel der Taschenlampe auf die Gestalt. Dabei schrie ich aus voller Kehle: „Hey, was ist denn hier los! Ich hole die Polizei, wenn Du nicht verschwindest!" Dann rannte ich auf die Gestalt zu, machte einen Satz und sprang ... ins Leere! Die Gestalt war verschwunden, hatte sich einfach in Luft aufgelöst. Klaus lag ohnmächtig im Gras. Ich packte ihn am Kragen und zerrte ihn ins Haus zurück. Dort wusste ich mir nicht anders zu helfen, als seinen Kopf unter die Dusche zu halten. Das eiskalte Wasser plätscherte über sein Gesicht. „Halt! Was ist das", rief er entsetzt. Dann starrte er mich an und riss sich los. „Klaus", rief ich, „ich bin's doch bloß! Der Spuk ist vorbei!" Langsam kam er wieder zu sich. Er stützte sich auf meine Schulter und wir schleppten uns bis zum Sofa. Noch immer am ganzen Leibe zitternd setzten wir uns und tranken die halbe Flasche Whisky leer. Klaus begann zu erzählen. Er sagte, dass er vor vielen Jahren in großen finanziellen Schwierigkeiten steckte. Das neue Haus, das Auto, all das war einfach zu viel, er hatte sich total übernommen. In einer Zeitung entdeckte er das Inserat eines Kredithais. Der versprach ihm, das nötige Geld zu beschaffen.

Zunächst forderte der Halsabschneider das Geld nicht zurück. Doch eines Tages stand er schließlich doch vor der Tür. Natürlich hatte Klaus das Geld nicht, um es ihm zurück zu geben. Irgendwann kam der Gerichtsvollzieher und klebte seinen Kuckuck auf sämtliche Möbel. Außerdem stand aller vierzehn Tage der Kredithai mit seiner Schlägertruppe vor seiner Tür und drohte ihm. Schließlich setzte er ihm eine letzte Frist, die in dieser Nacht abgelaufen war. Klaus wurde still. Und mir fiel es wie Schuppen von den Augen- der vermeintliche Kredithai musste der Teufel gewesen sein. Für mich stand fest, dass er nun jeden Tag kommen würde, um Klaus einzuschüchtern. Am nächsten Tag fuhr ich in die Stadt, um ein Kreuz zu besorgen. Ich wusste, dass sich dann der Teufel nicht in die Nähe seines Hauses wagen würde. Als ich wieder zurückkam, erschrak ich! Ich konnte nicht glauben, was ich da sah. Das Haus sah anders aus. Es war eingefallen, glich einer Ruine. Im Inneren standen keine Möbel mehr, sämtliche Zimmer waren leergeräumt. Überall hingen die Tapete in Fetzen von den Wänden. Es roch modrig und alt. Klaus schien ebenfalls verschwunden. Jedenfalls fand ich ihn nirgends mehr. Nur meine Reistasche stand einsam im Korridor. Durch die zerbrochenen Fensterscheiben pfiff der Wind. Als ich das Haus verließ, entdeckte ich eine alte zerrissene Zeitung auf dem Fußboden. Vielleicht hätte ich sie besser liegen lassen sollen, doch ich erkannte das Foto von Klaus. Ich hob die Zeitung auf und

las den Artikel. Es war die Todesanzeige von Klaus. Er wurde vor drei Jahren ermordet – den Täter aber hat man bis heute nicht gefunden ...

Bis heute kann ich mir nicht erklären,
was es war.
Ich weiß nur eines – es war da!

Schatten

An jenem Abend ging ich so gegen Zehn Uhr ins Bett. Schon in den vergangenen Nächten konnte ich sehr schlecht schlafen, wusste nicht, was ich tun sollte und konnte mir das alles nicht erklären. Irgendetwas wühlte mich auf, machte mich unruhig und ließ mich einfach nicht mehr klar denken. Lange lag ich wach und dachte über die unterschiedlichsten Dinge nach. Erinnerungen kamen und gingen, und das dahindudelnde Fernsehgerät, welches man im Schlafzimmer eigentlich gar nicht haben sollte, vertrieb mir die schlaflose Zeit. Gerade wurde ein Horrorfilm gezeigt, da wollte ich das Fernsehgerät entnervt abschalten. Ich nahm die Fernbedienung und drückte auf den Tasten herum, doch der Fernseher blieb letztlich und sicherheitshalber doch an. Die Schlafzimmertür hatte ich wegen der besseren Luftzufuhr nur angelehnt und schaute von meinem warmen weichen Bettchen aus dorthin. Doch was war das? Draußen war das Licht eingeschaltet und ein dunkler Schatten bewegte sich hin und her. Ich erschrak natürlich fürchterlich und traute mich zunächst nicht aufzustehen, um nachzusehen. Dennoch musste ich es tun, denn wenn ein Einbrecher in der Wohnung war, musste ich ihn

129

stellen oder mich zumindest in Sicherheit bringen. Noch einmal zog ich mir die Bettdecke bis
über die Ohren und wartete. Ich hielt die Situation schließlich nicht länger aus und schob mich
vorsichtig und vor allem leise aus dem gemütli-
chen Bett. Es war totenstill, nur der Fernseher
spielte eine leise Musik. Das Schlafzimmer mün-
dete in den Korridor. Doch der war leer. Nur das
Licht war eingeschaltet. Vielleicht hatte ich es
vergessen auszuschalten? Ich wusste es nicht,
doch woher kam dieser merkwürdige dunkle
Schatten? Und wieso hatte er sich bewegt? Mein
Blick fiel auf eine Jacke, die am Garderobenstän-
der hing und hin und her schwankte. War vielleicht sie der vermeintliche Schatten? Irgendwie
sucht man ja immer nach einer Erklärung, vor
allem bei Dingen, die sich einfach nicht erklären
lassen. Deswegen redete ich mir ein, es sei die
Jacke, welche etwas schräg unter der Decken-
lampe hing und ganz bestimmt diesen bewegli-
chen Schatten erzeugte. Ein klein wenig ruhiger
schaltete ich das Licht aus und legte mich zurück
ins Bett. Irgendwie war mich nicht wohl zumute,
doch ich kniff mir mit aller Entschlossenheit die
Augen zu, um vielleicht doch ein wenig zu schlafen. Zur Ruhe jedenfalls kam ich nicht mehr.
Immer wieder blinzelte ich zur Schlafzimmertür
– würde der Schatten wiederkommen? Zur Sicherheit hatte ich den Fernseher eingeschaltet
gelassen. So konnte ich die Existenz der bewegli-
chen Schatten, im Falle, es würde welche geben,
darauf schieben. Ich drehte und wälzte mich im

Bett herum und fühlte mich immer schlechter. Die Luft wurde mir knapp und ich atmete schwer. Weshalb ging es mir nur so miserabel? Irgendwann fielen mir die Augen zu. Plötzlich jedoch wurde ich von einem leisen Knacken wieder geweckt. Sofort starrte ich zur Tür – und wahrhaftig – das Licht draußen war eingeschaltet und ein dunkler Schatten trieb wie von einer leichten Brise bewegt an der einen winzigen Spalt offenstehenden Tür vorüber. Leicht schockiert zuckte ich zusammen! Also war da doch etwas! Wieder verließ ich meine sichere Deckung unter der Bettdecke und schlich mich vorsichtig zur Tür. Mit einem Ruck riss ich sie auf, denn diesmal war ich mir sicher, das Licht wirklich ausgeschaltet zu haben. Aber auch diesmal war da nichts. Nur die Jacke, auf welche ich schon vor Stunden alles Unerklärliche geschoben hatte, pendelte hin und wieder her. Ich hielt sie fest und spürte, wie mir die Schweißperlen von der Stirn liefen. Nervös schritt ich den gesamten Korridor ab – wieder und immer wieder. Doch ich konnte einfach nichts Seltsames feststellen. Sollte ich vielleicht doch wieder ins Bett gehen, um es noch einmal mit Schlafen zu versuchen? Nein, ich konnte es nicht! Meine anfängliche Beruhigung und meine vermeintliche Müdigkeit schienen für immer dahin. Irgendetwas trieb mich dazu, der Sache auf den Grund zu gehen. Sollte ich bei meiner Mutter anrufen, um ihr davon zu erzählen? Ich schaute zur Uhr – sie zeigte eine halbe Stunde nach Mitternacht. Um diese Uhrzeit

131

konnte ich sie nicht mehr stören, sie würde sich furchtbar sorgen. Aber was sollte ich dann tun? Die Wohnung verlassen, um dem vermeintlichen Geist den Schrecken zu nehmen? Gab es überhaupt diesen Geist oder bildete ich mir am Ende das Ganze nur ein? Natürlich war mir klar, dass ich gerade in den vergangenen Tagen mit meinen Problemen so ganz und gar nicht klarkam.  Immer wieder zogen sie wie Angst einflößende Albträume durch meine Sinne und vernebelten mir so manchen schönen Tag. Selten nur konnte ich sie verdrängen, was sich selbst in meinem kaum noch vorhandenen Appetit und meiner gesamten bebenden körperlichen Verfassung widerspiegelte. Aber konnte ein Schatten wirklich auch eine solche Auswirkung sein? Ich hatte ihn schließlich genau gesehen – er war ja da, oder? Ich entschloss mich, mir einen Kaffee zuzubereiten, um der bohrenden Müdigkeit ein Schnippchen zu schlagen. Es gelang und ich blieb wach. Dennoch fühlte ich mich schlecht und zitterte sogar am ganzen Leibe. War das die Angst oder doch nur die Furcht vor diesem unbekannten Schatten, vor dem Unbekannten überhaupt? Der Kaffee jedenfalls schmeckte sehr gut und lenkte mich für Minuten von dem geisterhaften Vorfall ab. Nach einer Stunde kehrte die Müdigkeit wie ein von mir abgeschossener Bumerang zurück. Und sie schien stärker und nagender zu sein als vor meiner ominösen Schattensichtung. Ich verkroch mich ins Bett zurück und zog wieder die Bettdecke bis über die Ohren, bis über meinen Kopf. Doch dann sah ich vor meinem inneren Auge wieder diesen Schatten, sah, wie eine schwarze knochige Hand nach meiner Bettdecke griff – laut japsend fuhr ich hoch! Der Schweiß lief mir in Strömen über den Rücken und schien bereits eigene Bäche zu bilden. Wieder stand ich auf, und wieder schaute ich mich in der gesamten Wohnung um. Einen  Schatten fand ich schon längst nicht mehr vor und glaubte mittlerweile, dass ich unter Wahnvorstellungen litt. Stunde um Stunde verging und meine Müdigkeit siegte schließlich über meine Ängste. Schlaftrunken wankte ich ins Bett zurück und schlief endlich ein. Zu matt und zu erledigt war ich wohl, dass mich nicht einmal ein unerklärlicher Schatten daran zu hindern vermochte. Am nächsten Morgen wurde ich sehr spät erst wach. Ich hatte sehr gut geschlafen, auch wenn ich mit Schaudern an die vergangene Nacht denken musste. Doch was half es – sie war nun vorüber und ich hatte wenigstens etwas schlafen können. Als ich in den Korridor kam, bemerkte ich zunächst nichts Aufregendes. Da war weder ein Schatten, noch hatte jemand das Licht eingeschaltet. Alles war ruhig und unscheinbar. Erleichtert, mir am Ende alles doch nur eingebildet zu haben, frühstückte ich und wollte dann aufbrechen. Da fiel mein Blick auf die Kommode gleich neben der Wohnungstür. Lag da nicht etwas, das gestern noch nicht dort gelegen hatte? Ich stand auf und schaute nach. Der Beschlag der Tür war abgefallen und lag auf dem hellen Laminat herum. Als ich die Tür öffnete, sah ich die Bescherung. Im Treppenhaus lagen zurückgelassene Werkzeuge herum und Splitter von zerstörten Türzargen versperrten den Weg. Irgendjemand wollte wohl in die Wohnung, wollte einbrechen, doch er konnte es nicht, zumindest nicht bei mir. Er hatte die Tür einfach nicht öffnen können. Bei meinen Nachbarn sah das schon anders aus. Die Türen standen auf und die Türzargen waren arg beschädigt. Zwei Polizeibeamte erschienen und unterhielten sich laut mit den Leuten. Offenbar waren die Einbrecher bei ihnen erfolgreich und hatten großen Schaden angerichtet. Natürlich erkundigte ich mich bei den Beamten, wollte wissen, was geschehen war. Sie meinten, dass in der vergangenen Nacht in den Nachbarwohnungen des Hauses eingebrochen wurde. Die Gauner hatten die Türen stark beschädigt und wollten teure Gegenstände stehlen. Sie konnten glücklicherweise gefasst werden, weil sie in meine Wohnung trotz großer Anstrengungen nicht gelangten. So lief ihnen die Zeit davon und konnten schließlich auf frischer Tat ertappt werden. Einer der Gangster soll sogar gesagt haben, dass ein sonderbarer schwarzer Schatten vor meiner Tür gestanden hatte, der letztlich verhinderte, dass sie die Tür aufbrechen konnten. Als sie entnervt und vollkommen verängstigt weglaufen wollten, traf die Polizei bereits schon ein – nur der Schatten, der war nicht mehr da …

Die Hexe

Man sagt, Hexen existieren nur im Märchen. Und anfangs dachte ich das auch. Doch was sich bei meiner letzten Studienreise ereignete, ließ mich daran zweifeln. Es war wirklich eine spannende Reise nach Sibirien.  Ich war mit zwei Freunden in der Taiga unterwegs. Gemeinsam wollten wir das Verhalten von Taiga-Bären erforschen. Die Ergebnisse wollten wir dann in einem Institut in Moskau auswerten. Einheimische hatten uns davon in Kenntnis gesetzt, dass sie erst kürzlich zwei große Bären in der Region gesichtet hätten. Natürlich plagte uns die Neugier. Gleich am nächsten Morgen wollten wir aufbrechen, um die Bären zu suchen. Vielleicht ließen sich ja interessante Studien über diese wilden Tiere durchführen. Wir verließen schon sehr früh das Hotel und fuhren mit einem Rover hinaus. Es gab feste Wege, auf denen man aus Sicherheitsgründen bleiben sollte, weil man sich in den dichten, riesigen Wäldern der Taiga sehr schnell verirren konnte. Glücklicherweise hatten wir auch ein Navigationsgerät dabei. Damit fühlten wir uns sicher. Wir stellten das Fahrzeug an einer Lichtung ab, schulterten unsere Rucksäcke auf und zogen los. Stundenlang bahnten wir uns einen schmalen Pfad durch das undurchdringliche Gestrüpp. Doch irgendwann schien es einfach nicht mehr weiter zu gehen. Bärenspuren oder Hinweise, dass Bären dort entlanggelaufen seien, fanden

135

wir nicht. Auf einer winzigen Waldwiese legten wir eine Rast ein. Unsere Armbanduhren zeigten bereits die Mittagszeit an und wir hatten noch nicht einen Bären zu Gesicht bekommen. Wir wussten nicht genau, ob wir wieder umkehren sollten, denn zu allem Pech begann es auch noch zu regnen. Zwar drang der Regen nicht völlig durch das dichte Geäst der hohen Bäume. Dennoch wurde es feucht und kühl. Glücklicherweise hatten wir wetterfeste Kleidung angezogen und so traf uns das Schicksal nicht ganz so hart. Als wir jedoch feststellen mussten, dass das Navigationsgerät den Standort nicht anzeigen konnte, weil es einfach keinen Satellitenempfang bekam, wurde uns doch recht mulmig zumute. Es half nichts, wir mussten umkehren! Nur in welche Richtung? Überall um uns herum sah es gleich aus – dicke hohe Bäume und Gestrüpp, wohin das Auge auch sah. Wir versuchten, eventuell Spuren von uns zu wiederfinden. Vielleicht bräuchten wir ja nur in entgegengesetzter Richtung zu laufen? Doch wir fanden keine Spuren – und wo war überhaupt die entgegen gesetzte Richtung? Nicht nur in mir kroch ein merkwürdiges, flaues Gefühl hoch. Plötzlich vernahmen wir ein lautes Brummen! Gleichzeitig knackte es überall um uns herum. Ein entsetzlicher Gedanke schoss uns in den Kopf: Bären! Und obwohl wir genau wegen dieser Tiere im Wald unterwegs waren, hatten wir nun panische Angst, ihnen zu begegnen. Das Knacken und Brummen kam immer näher und wir suchten bereits nach

geeigneten Bäumen, auf die wir klettern könnten. Doch wir fanden keine! Die Stämme waren zu dick und das untere Baumgeäst zu schwach! Hastig packten wir unsere Sachen zusammen und liefen los. Doch das Knacken kam aus allen Richtungen. Wohin also sollten wir fliehen? Wir saßen in der Falle! Gleich würden uns die Bären  überfallen und dann wäre es aus mit uns. Wir versteckten uns hinter einem der dicken Baumstämme. Er war von einem dichten Busch umgeben, wo uns die Bären nicht sofort entdeckten. Aus dem Wald traten zwei Bären auf die Lichtung. Dann drei, dann vier, es wurden immer mehr. Schließlich standen sage und schreie acht riesige Bären auf der kleinen Wiese. Sie schwenkten ihre dicken Köpfe hin und her und schienen uns bereits zu wittern. Sollten wir unser Versteck verlassen und losrennen? Aber die Bären kannten sich in ihrem Umfeld, dem Wald, einfach besser aus als wir. Sie hätten uns schnell eingeholt und dann? Keiner wagte, diesen furchtbaren Gedanken weiter zu denken. Ich zog mein Handy aus der Jackentasche, wusste gleichzeitig, wie sinnlos das war und hatte natürlich kein Netz. Wir waren total von der Außenwelt abgeschnitten und fühlten uns wie auf einem Präsentierteller. Die Bären brummten laut und hatten vermutlich schon großen Appetit bekommen. Da erschien plötzlich eine alte Frau aus dem Gebüsch vor uns. Wir waren zu Tode erschrocken und glaubten, ein Bär hätte uns gefunden. Die Alte war in schwarze Lumpen gehüllt und hielt ihre strähnigen Haare mit einem zerrissenen Kopftuch zusammen. Sie fuchtelte mit einem Gehstock in der Luft herum und sprach dann mit zittriger Stimme: „Keine Angst meine Söhnchen. Die Bären werden Euch nichts tun. Kommt nur immer dicht hinter mir her, dann zeige ich Euch den Weg nach Hause." Sie gab uns ein Handzeichen und rief laut: „Folgt mir!" Zunächst wollte ich sie fragen, woher sie käme. Doch sie hatte sich bereits umgedreht und verschwand im dichten Gebüsch. Die Bären, die wohl die Alte sprechen hörten, hoben ihre Köpfe und kamen blitzschnell auf unser Versteck zu gerannt. Jetzt hieß es nur noch: Weg von hier, bevor wir auf dem Speisezettel dieser Tiere landeten! Die Alte hatte hinter dem Busch auf uns gewartet. Immer wieder lachte sie vor sich hin und schien sich an den Bären überhaupt nicht zu stören. Dabei sang sie mit ihrer furchtbar klingenden Stimme ständig ein und dasselbe Lied: „Manchmal ist der Tod ganz nah. Dann bin ich stets für Euch da." Es hörte sich derart abschreckend an, dass wir schweigend und ängstlich hinter ihr her trotteten. In dichtem Abstand folgten uns die Bären. Zumindest glaubten wir das, denn das Brummen und Knacken konnten wir deutlich hören. Es verfolgte uns bis zu der Lichtung, auf welcher unser Geländewagen stand. Erleichtert wollten wir uns bei der Alten bedanken, doch die hatte es sehr eilig. Ohne uns auch nur eines Blickes zu würdigen verschwand sie auf der anderen Seite des dichten Waldes. Die Bären schienen es auf-

gegeben zu haben, uns noch weiter zu verfolgen. Als wir im Auto saßen, konnten wir sie nirgends mehr sehen. Wir hatten endgültig genug von unserer erfolglosen Bärenforschung! Noch am gleichen Abend buchten wir einen Flug nach Moskau, um möglichst weit weg von der Taiga und ihren gefährlichen Wäldern zu sein. In Moskau trennten sich zunächst unsere Wege. Meine  beiden Freunde informierten sich im Institut, welches wir eigentlich erst später aufsuchen wollten, über das Verhalten der Taiga-Bären. Ich dagegen nahm mir vor, diese riesige, immer weiterwachsende Stadt kennen zu lernen. Und ich hatte viel zu entdecken. Allein der unfassbare, scheinbar unkontrolliert dahinrasende Autoverkehr war ein Erlebnis der ganz besonderen Güte für mich. Verkehrsregeln schien es hier wohl keine zu geben. Doch obwohl alle irgendwie wild durcheinander fuhren, hatte jeder ein ganz bestimmtes Ziel. Um über die breiten Straßen zu gelangen, konnte man sich nicht immer auf die Fußgängerampeln verlassen, die es zweifellos auch in Moskau gab. Und so betrat ich doch tatsächlich die Straße, als die Fußgängerampel auf Grün schaltete. Ein LKW donnerte auf mich zu, und hätte mich nicht jemand an meiner Jacke zurück auf den Bürgersteig gezogen, wäre ich wohl umgefahren worden. Laut hupend raste der LKW dicht an meiner Nase vorbei. Natürlich wollte ich mich bei meinem Lebensretter bedanken. Doch als ich mich umdrehte, standen da nur dutzende Menschen, die von mir keine Notiz zu nehmen schienen. Nur eine seltsame Stimme, die mir irgendwie bekannt vorkam, sang ein Lied: „Manchmal ist der Tod ganz nah. Dann bin ich stets für Dich da."

Bestattung

Seit Jahrzehnten besaß ich mein kleines Bestattungsinstitut. Eigentlich wollte ich schon längst in Pension gehen. Doch ich fand keinen richtigen Nachfolger. So blieb ich eben noch und es sah so aus, als ob ich bis zu meinem eigenen Tode dort arbeiten müsste. Viel, sehr viel hatte ich schon erlebt in meinen dreißig Dienstjahren. Doch das, was sich an jenem Freitagabend ereignete, werde ich wohl niemals vergessen. Wie vor jedem Wochenende schloss ich auch an diesem Freitagabend das Institut ab. Und wie jeden Abend trottete ich noch einmal in die kleine Kneipe gegenüber des Institutes. Plötzlich klingelte mein Handy. Es meldete sich ein Herr, der meinte, ich müsste noch einmal ins Institut kommen. Man würde noch einen Toten vorbeibringen. Was sollte ich tun, ich zog mich an und ging zurück zum Institut. Es hatte zu regnen begonnen und zunächst konnte ich es nicht richtig erkennen. Vor der Tür stand eine schwarze Kutsche. Auf dem Kutschbock erkannte ich einen Mann. Regungslos saß er da und schwieg. Doch es wurde noch viel mysteriöser. Als ich vor der Kutsche stand, stieg er schließlich stöhnend zu mir herunter. Er war seltsam gekleidet, trug eine lange schwarze Kutte und hatte die Kapuze tief ins Gesicht gezogen. Als er aufblickte, starrten mich zwei rot unterlaufene Augen an. Erschrocken wich ich einen Schritt zurück. Urplötzlich lief mir eine Gänsehaut über

den Rücken. Auch spürte ich eine rätselhafte Kälte, die von dem Alten ausging. Wortlos lief er nach hinten und zog einen Sarg hervor. Ich half ihm, den Sarg ins Institut zu tragen. Der Alte wollte, dass ich alle Kerzen anzündete. Ich öffnete den Sarg, um den Toten für die Bestattung vorzubereiten. Bei all meinen Arbeiten half mir  der Alte, wo er nur konnte. Er sprach nicht sehr viel. Doch was er sagte, hörte sich monoton und einsilbig an. Ehrlich gesagt hatte ich nur einen Gedanken – nur schnell fertig werden, damit ich diesen merkwürdigen Alten endlich loswürde. Dieser jedoch ließ sich Zeit, wollte den Sarg mit dem Toten gleich wieder mitnehmen. Ich wollte die Papiere sehen. Der Alte legte etwas, das so aussah wie ein Formular, auf den Tisch. Dann trugen wir den Sarg gemeinsam hinaus zur Kutsche. Schweigend stieg der Alte auf den Kutschbock und die Kutsche verschwand im Nebel so plötzlich wie sie aufgetaucht war. Am nächsten Tag wollte ich die Unterlagen zum Friedhof bringen. Dort jedoch zeigte man sich ahnungslos. Ein Toter mit diesem Namen sei nicht für eine Beerdigung vorgesehen. Ich verstand nicht, was das zu bedeuten hatte. Ich hatte den Toten leibhaftig vor mir gesehen. Tage später löste sich das Rätsel auf. In einer Tageszeitung entdeckte ich einen seltsamen Artikel. Darin wurde nach einem verschwundenen Mann gesucht. Man schrieb, dass er in seiner Wohnung einen Abschiedsbrief hinterlassen hatte. Darin stand, dass er seine Seele dem Teufel verschrieben habe. Da-

runter erkannte man einen blutigen Fingerab-
druck. Über dem Artikel war ein Foto des Mannes abgebildet, es war der Tote aus der Kutsche.
Doch wer war der mysteriöse Alte in der
schwarzen Kutte?

Begegnung mit dem Teufel

Es war ein heißer Sommertag und John war mal wieder mit seinem neuen Cabrio unterwegs. Er liebte es, wenn die Sonne in sein Fahrzeug schien und er genoss die zahlreichen Blicke der Leute. An diesem Tage wollte er einmal etwas weiter hinausfahren als sonst.  Schon lange hatte er die Stadt hinter sich gelassen, da zog ein Gewitter auf. Obwohl er sich nicht vor solchen Naturerscheinungen fürchtete, erschien ihm diese Gewitterfront doch sehr seltsam. Es waren tief schwarze Wolken, die sich rasch näherten und John schloss schleunigst das Verdeck des Wagens. Die immer stärker werdende Dunkelheit hatte irgendetwas Bedrohliches. John hatte so etwas noch nie erlebt. Plötzlich setzte ein heftiger Sturm ein. Taubeneigroße Hagelkörner schlugen gegen die Scheiben und die ersten Risse zeichneten sich bereits ab. Die Straße glich einem Billardspiel. Überall sprangen die Hagelkörner umher und John bog in eine schmale Waldschneise ein und hielt den Wagen an. Unter dem dichten Blätterdach des Waldes fühlte er sich zunächst sicher genug. Doch die grellen Blitze, welche die Dunkelheit kurzzeitig erhellten, sowie die heftigen Donnerschläge kurz danach, beunruhigten ihn zusehends. Er wusste nicht mehr, was er tun sollte. Umkehren war zu riskant und weiter in den Wald wollte er ebenfalls nicht hineinfahren. So beschloss er zu warten, bis sich das Gewitter vorzogen hatte. Aber das Gewitter verzog sich nicht. Mittlerweile tobte es bereits zwei geschlagene Stunden. Lediglich der Hagel verwandelte sich in einen heftigen Landregen. Ratlos saß er in seinem Wagen und hörte sich eine CD nach der anderen an. Langsam ging ihm die Musik auf die Nerven. Er suchte nach seinem Handy, fand es jedoch nicht. Auf  dem schmalen Waldweg vor ihm sah er eine Gestalt. Behäbigen Schrittes kam sie auf das Fahrzeug zu. Weil es so dunkel war, konnte John nicht sehen, wer es war. Er schaltete die Scheinwerfer ein, doch was war das, die Gestalt war spurlos verschwunden. Wie konnte das nur möglich sein? Mied diese Person etwa das Licht? Aber warum? John hatte plötzlich so ein merkwürdiges Gefühl im Bauch. Und obwohl er sich alles andere als fürchtete, spürte er jetzt doch diesen seltsamen Schauer, der ihm über den Rücken lief. Hatte er sich vielleicht geirrt? War da in Wirklichkeit gar keiner? Doch als er die Scheinwerfer wieder ausschaltete, glaubte er doch, dass vor dem Wagen irgendjemand stand. Was sollte er nur tun? Sollte er einfach die Wagentür öffnen und die Gestalt ansprechen? Und warum sagte dieser „Jemand" nicht selbst etwas? John betätigte den Knopf für die Zentralverriegelung und verschloss die Türen. Im selben Augenblick hörte er eine dumpfe gespenstisch klingende Stimme. Sie grollte zunächst wie ein Bär und begann schließlich zu sprechen: „Ich bin gekommen, um Deine Seele zu holen! Du bist zu maßlos geworden und heute wirst Du mit mir kommen." John

145

bekam einen derartigen Schreck, dass er augenblicklich den Wagen startete und losfahren wollte. Aber er hatte nicht damit gerechnet, dass der heftige Regen den Waldweg sehr stark aufgeweicht hatte. So war es ihm unmöglich, auch nur einen einzigen Zentimeter zu fahren. Laut heulte der Motor des Wagens auf und die Räder drehten im tiefen Morast durch. Total verzweifelt saß John hinterm Steuer. Da beugte sich die Gestalt herunter und ihr Gesicht war nun deutlich vor der Windschutzscheibe zu erkennen. John traf beinahe der Schlag, denn vor dem Wagen stand der Teufel! Sein knochiges fahles Gesicht wurde von einer schwarzen Kapuze verhüllt. Doch die beiden Erhebungen auf dem Kopf waren deutlich zu sehen. Das mussten die Hörner des Teufels sein. Außerdem stachen unter der scharfkantigen Stirn zwei feuerrote Augen hervor.

Der Atem des Leibhaftigen musste so eisig sein, dass das Regenwasser auf der Scheibe gefror. Wenigstens musste John nun nicht mehr sein Gesicht sehen. Aber es war nicht weniger gefährlich. Denn nun setzte der Teufel das ein, was wohl am besten zu ihm passte, das Feuer! Es rumorte und knisterte und die Scheibe taute im Nu auf. Die Flammen hüllten den Wagen vollständig ein und drohten ihn zu verschlingen. John wurde es heiß und er schaltete die Klimaanlage ein. Doch das nutzte gar nichts. Die Kühlung der Klimaanlage konnte die Hitze des teuflischen Flammenmeeres nicht ansatzweise neutralisieren. Es wurde so unerträglich heiß, dass John ohnmächtig in seinem Sitz zusammensank. In einer mächtigen Windhose verschwand die teuflische Gestalt, und das Gewitter verzog sich. Ein lautes Geräusch weckte John schließlich wieder. Langsam öffnete er seine Augen. Noch immer fühlte er sich schwach und ängstlich. Auch war ihm schlecht, sehr schlecht. Er glaubte, sich übergeben zu müssen. Aber es war angenehm kühl im Wagen. Das laute Geräusch, welches er hörte, wurde durch ein Klopfen verursacht. Es musste am Wagen sein. War etwa der Teufel noch ... er schaute sich um. Draußen war es wieder hell geworden und irgendjemand klopfte gegen die Windschutzscheibe. Erleichtert sah er, dass es seine Schwester Ina war. Vorsichtig öffnete er die Tür und spürte die frische angenehme Luft, die um seine Nase wehte. Nach all diesen Ängsten, die er aushalten musste, nun endlich diese Erlösung. Er konnte sein Glück kaum fassen. Ina beugte sich zu ihm und fiel ihm um den Hals. Leise sagte John zu ihr: „Komm setz Dich in den Wagen!" Ina setzte sich neben ihn und er erzählte ihr, was er erlebt hatte. Dabei spürte er die misstrauischen Blicke, die ihm seine Schwester zuwarf. Doch ihr schien noch etwas ganz anderes auf der Seele zu brennen.

Sie meinte, dass sie eine SMS auf ihr Handy bekommen hätte, eine SMS von John! Während sie das erzählte, holte ihr Handy und zeigte ihm die Nachricht. Darin stand, dass Ina sofort in den Wald bei „Wilhelms-Forst" kommen sollte. Er brauchte dringend ihre Hilfe, denn der Wagen sei im Morast stecken geblieben. Als Ina jedoch dort ankam, war kein Morast mehr da. Der Weg schien trocken zu sein. Und John glaubte zu wissen, dass er sein Handy daheim liegengelassen hatte. Aber so war es nicht. Als die beiden ausstiegen, um den Weg auf eventuellen Morast oder Schlamm zu testen, entdeckte er plötzlich doch sein Handy. Es lag neben einer merkwürdigen kleinen Figur. Sie war aus Plastik und war mit einem schwarzen Umhang bekleidet. Das knochige Gesicht der Figur schaute bedrohlich unter einer schwarzen Kapuze hervor und irgendwie kam John dieses furchterregende Gesicht sehr bekannt vor …

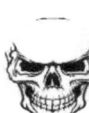

Hotel des Grauens

An irgendetwas Schlimmes oder auch Böses erinnerte mich jenes sonderbare Hotel. Ich war in die Wälder Alabamas gefahren und wollte eigentlich Wandern. Allerdings sollte auch noch ein wenig Erholung dabei sein. Das Hotel hatte ich mir auch gar nicht herausgesucht, ich hatte es zufällig beim Herumfahren in dieser Gegend entdeckt. Doch das es derart einsam lag und so merkwürdig aussah, behagte mir irgendwie gar nicht. Bedrohlich erhob es sich zwischen den hohen Kiefern und sah aus wie ein graues Totenmonument. Dennoch wollte ich nicht weiterfahren – ich war hundemüde und wollte einfach nur ins Bett. Schon im Foyer des nüchternen Gebäudes liefen bleiche Gestalten herum. Es waren Leute, die mich allesamt so merkwürdig anschauten. Ich konnte mir das Ganze nicht erklären, sie kannten mich doch gar nicht. Mir war einfach unheimlich zumute und ich hatte nur noch einen Wunsch, auf schnellstem Wege in mein Zimmer zu kommen.
Der Concierge, ein junger hohlwangiger, aber überfreundlicher Mann schob mir mit großen Augen den Zimmerschlüssel über den Tresen. Ich unterschrieb auf dem Eincheckformular, welches vor mir lag und begab mich zum Fahrstuhl. Die alte reich verzierte Tür sah gespenstisch aus. Es waren Totenköpfe, die reliefartig die Tür übersäten. Wie konnte man nur so etwas als Zierde anbringen? Ich konnte das nicht verste-

hen, doch es wurde noch verrückter. Im Fahrstuhl ruckelte es, als sei ich auf einer Straße mit Millionen Schlaglöchern unterwegs. Und als ich schließlich im obersten Stockwerk anlangte, wo sich mein Zimmer befand, stand schon ein älterer Herr in schwarzer Livree an der Tür. Mit kühler monotoner Stimme fragte er mich, wie es mir ginge. Ich wusste nicht so recht, ob es mir angenehm oder irgendwie komisch zumute war. In jedem Fall aber war ich hundemüde. Ich erkundigte mich bei dem sonderbaren Herrn, ob ich immer alle Fahrstühle nutzen könnte, wenn ich ins Foyer wollte. Der überfreundliche Mann verzog keine Miene und sprach mit eisiger sonorer Stimme: „Natürlich mein Herr. Alle Fahrstühle fahren nach unten. Wollen Sie sich überzeugen – es geht in jedem Falle abwärts!" Ich lehnte ab und er grinste ganz merkwürdig und verschwand. Ich war heilfroh, doch noch mein Zimmer erreicht zu haben und stellte meine Reisetasche neben den hölzernen Einbauschrank. Erleichtert atmete ich tief ein und fand, dass die hier mal wieder gelüftet werden sollte. Es roch muffig alt. Ich lief zum Fenster, um es zu öffnen, schaute dabei zum Wald, der das Hotel umgab, und durch welchen ich auch gekommen war. Als ich hinunterschaute, erschrak ich fürchterlich. Vor dem Hotelportal standen drei schwarze Leichenwagen, und mehrere Männer in schwarzen Uniformen trugen weiße Särge aus dem Hotel. Als sie die Särge in den Bestattungsfahrzeugen verstaut hatten, schienen sie mich zu bemerken

und starrten regungslos nach oben. Ihre Blicke waren derart durchdringend, dass mir nicht nur ein Kälteschauer über den Rücken lief. Und eine bange Frage nistete sich in meinem Kopfe ein: Wo war ich hier nur hingeraten? Vielleicht hätte ich doch besser wieder auschecken sollten, denn die Nacht, die mir bevorstand, war noch übler als ich es in irgendeinem Horrorfilm je gesehen hatte. Nachdem ich meine Tasche ausgepackt hatte und mir einen kleinen Imbiss aufs Zimmer bringen ließ, wollte ich mich hinlegen. Draußen war pechschwarze Nacht und seltsamerweise schien das gesamte Hotel im Dunkeln zu liegen. Keine blinkenden Werbetafeln, keine Laternen, nichts, das leuchtete umgab das sonderbare Hotel. Vermutlich war ich dann doch eingeschlafen, denn als ich wach wurde, war schon Mitternacht. Seltsame Geräusche krochen durch die Flure des altehrwürdigen Gemäuers. Es glich einem Röcheln, und schließlich waren da diese Schreie. Sie kamen von den Fahrstuhlschächten. Ich wusste nicht genau, ob ich nachschauen sollte oder nicht. Vielleich hätte ich es besser sein lassen sollen, denn kaum hatte ich mein Zimmer verlassen, um mich zu überzeugen, woher die Geräusche kommen mochten, flackerte das Licht auf der Etage und rote Lichter huschten wie Glühkäfer durch die Luft. Zusammen mit dem Röcheln bildeten sie eine unheilvolle Kulisse. An einer der Fahrstuhltüren stand wieder dieser ältere Herr in der schwarzen Livree. Er verbeugte sich ein wenig und sagte dann:

151

„Wollen Sie nicht mit mir nach unten fahren? Es gibt frisch Geschlachtetes." Ich spürte, wie mir mein Herz bis zum Halse schlug, und in diesem Augenblick bemerkte ich, dass sein weißes Hemd, welches unter der tiefschwarzen Livree hervorschaute, blutrote Flecken hatte. Panisch rannte ich in mein Zimmer zurück, und in diesem Moment hatte ich nur noch einen Gedanken:  Raus hier! Nur wie sollte ich an dem merkwürdigen Herrn, der sich an den Fahrstuhltüren herumtrieb, unbemerkt vorbeikommen?

Ich beschloss abzuwarten, bis das Licht nicht mehr flackerte und ich selbst ein wenig zur Ruhe gekommen war. Nach zwei geschlagenen, endlos lang erscheinenden Stunden war es schließlich soweit. Längst hatte ich meine Reisetasche wieder gepackt und stand fertig angezogen hinter der Zimmertür. Angestrengt lauschte ich, ob ich nicht doch noch irgendjemanden hörte. Doch es blieb ruhig, totenruhig sozusagen. Vorsichtig öffnete sich die Tür, doch der Flur war leer. Der Alte schien nicht da zu sein. So schlich ich mich aus dem Zimmer und suchte nach dem Treppenhaus. Den Lift wollte ich nicht nehmen. Wer wusste schon, ob er mich sicher nach unten gebracht hätte. Am Ende des Flures entdeckte ich eine Tür. Sie führte tatsächlich zum Treppenhaus und ich rannte, immer besonnen, dass ich nur ja keine Geräusche verursachte, die unzählig vielen Stufen nach unten. Ich vermied, mich im Foyer zu zeigen, lief stattdessen immer weiter bis zum Keller und fand sogar meinen Wagen, der dort unten in der angrenzenden Tiefgarage stand. Zu meinem großen Erstaunen war es das einzige Fahrzeug, das sich dort befand. Aber hatte ich nicht am Abend noch viele Leute im Foyer umherlaufen sehen? Ich verstand das alles nicht, doch da wurde ich auch schon entdeckt! Besser gesagt – ich wurde erschreckt, denn die roten Lichter, die den Augen des Teufels glichen, flogen wie Fledermäuse durch die Gewölbe der Garage. Hastig sprang ich in meinen Wagen und drückte aufs Gaspedal. Seltsamerweise funktionierte das Rolltor nicht. Da es nicht sehr stabil war, durchbrach mein Wagen mühelos diese Absperrung. Draußen wurde es noch verrückter! Der alte Mann in der schwarzen Livree stand an einem Leichenwagen und hob zusammen mit zwei anderen Männern einen schwarzen Sarg in das Auto. Als sie mich sahen, grinsten sie und nickten mir zu. Ich raste an ihnen vorüber und im Rückspiegel sah ich nur noch, dass die Fenster des Hotels allesamt grellrot erleuchtet waren! Plötzlich und wie aus dem Nichts tauchte eine blutverschmierte Gestalt vor meinem Wagen auf! Ihr grausam entstelltes Gesicht stierte Furcht erregend durch die Windschutzscheibe meines Wagens, und Sie wankte dabei, als sei sie längst nicht mehr unter den Lebenden. Ich schaffte es gerade noch rechtzeitig, einen weiten Bogen um die Gestalt zu fahren und raste schließlich durch den angrenzenden dichten Wald, bis ich nach zwei weiteren Stunden endlich eine etwas breitere Straße erreichte. Noch einmal fuhr ich eine

knappe Stunde, und endlich, endlich sah ich ein beleuchtetes Schild, welches auf ein Motel hinwies. Ich fuhr dorthin und parkte mein Fahrzeug neben dem Gebäude. Die nette Dame an der recht gemütlich erscheinenden Rezeption erkundigte sich fürsorglich, ob ich eine gute Fahrt hatte und meinte, dass sie noch ein Zimmer für mich habe. Ich war erleichtert, nach all diesen Strapazen wieder unter normalen Menschen sein zu können. Im angrenzenden Gastraum wollte ich meine Gedanken ordnen und einen Kaffee trinken. Die freundliche Dame von der Rezeption jedoch setzte sich zu mir. Sie schien ziemlich neugierig zu sein, denn sie schaffte es tatsächlich, mich beinahe unmerklich auszufragen. Vermutlich kamen nicht viele Leute hierher, sodass sie stets hinter den neuesten Nachrichten aus der Gegend her war. Als ich ihr von dem grausigen Hotel im Wald berichtete, wurde sie jedoch ganz plötzlich ziemlich schweigsam. Mit ernster Miene sah sie mich an und schien mir wohl nicht recht glauben zu wollen. Ich konnte mir das zunächst nicht erklären, erfuhr aber wenig später den schier unfassbaren Grund. Vielleicht, weil ich ziemlich plastisch von meinem soeben Erlebten erzählte, meinte sie dann, dass sie schon einmal einen Gast hatte, der solch ein Erlebnis hatte. Nun war ich neugierig geworden und wollte mehr darüber erfahren. Doch die Dame zuckte nur mit den Schulten und starrte mir ungläubig ins Gesicht. Dann sprach sie mit düsterer Stimme die Worte, die ich niemals mehr verges-

sen werde: „Wissen Sie, dieses Hotel, in welchem Sie waren, gibt es schon lange nicht mehr. Es ist sozusagen ein Geisterhotel und man sagt, dass sich fürchterliche Dinge dort abspielen sollen. Denn immer, wenn es sich im Wald zeigt, geschieht irgendwo in der Gegend ein schreckliches Verbrechen. Das Hotel selbst steht schon sein hundert Jahren nicht mehr. Es brannte ab,  weil ein gestresster Hoteldiener vergaß, eine Kerze, die in einem gerade verlassenen Zimmer weiterbrannte, zu löschen. Sie war wohl umgekippt und entzündete beim Herunterfallen die Tischdeckchen, den Teppich und das gesamte Mobiliar. Bei dem fürchterlichen Feuer kamen alle zehn Hotelgäste und das gesamte Personal ums Leben. Man sagt, dass noch heute der alte Besitzer erscheint, um sich einen Menschen zu holen – als Tribut für die Toten in jener Nacht."

Area 51

Unheimliche Reise

Der kleine Jonny kam gerade aus der Schule und freute sich schon auf den Nachmittag, an dem er sich viel vorgenommen hatte. Weil es Sommer war, brannte die Sonne vom Himmel und es war ziemlich heiß. Jonny wischte sich den Schweiß von der Stirn und holte sich eine eisgekühlte Limonade aus dem Kühlschrank. Ach, schmeckte die gut! Das kalte Getränk schmeckte auch wirklich sehr gut – nach Zitrone – und Jonny konnte gar nicht genug davon bekommen. Da bemerkte er, wie draußen ein Auto mit quietschenden Reifen anhielt. Schnell lief Jonny zum geöffneten Fenster und schaute hinaus. Er wollte beobachten, was sich da ereignet hatte. War es vielleicht ein Unfall? Der Fahrer lief recht aufgeregt um sein Fahrzeug herum und schien sich über irgendetwas zu wundern. Als er Jonny am Fenster erblickte, stieg er schnell wieder ein und brauste davon. Jonny stellte seine Limonade aufs Fensterbrett und wollte gerade hinauslaufen, um nach dem zu suchen, wonach der Fahrer gesucht zu haben schien. Da blieb er stehen und stutzte – was war das – hatte er eine Sehstörung? Hatte er nicht gerade das Limonadenglas abgestellt? Als er genauer hinschaute, schien das Glas über dem Fensterbrett zu schweben. Jonny rieb sich die Augen und schaute noch einmal hin. In diesem

Augenblick kippte das Glas zur Seite und Jonny konnte es gerade noch rechtzeitig festhalten, sonst wäre es polternd zu Boden gefallen. Irritiert schaute er auf das Glas in seinen Händen. Was ging hier vor? Wieso schwebte das Glas für einen Augenblick vor seinen Augen? Hatte er am Ende tatsächlich irgendetwas mit den Augen, sah er schon Geister?
Weil er sich das Ganze nicht erklären konnte, lief er hinaus auf die Straße und schaute sich irritiert um. Irgendetwas schien anders zu sein als sonst, er spürte es genau. Doch was konnte das nur sein? Da bemerkte er, wie sich die Äste der Bäume für einen kleinen Augenblick nach oben dehnten. Sie schienen geradewegs vom Himmel angezogen zu werden, aber das konnte doch gar nicht möglich sein. Und da, hob da nicht eben ein parkendes Fahrzeug für eine Sekunde vom Boden ab? Jonny glaubte, den Verstand zu verlieren und für einen Moment schwankte der Fußboden unter seinen Füßen hin und her. Doch als seine Mami am Fenster erschien, beruhigte er sich recht schnell wieder. Die Mami wollte etwas von ihm und Jonny rannte ins Haus zurück. Irgendwie schien sie nervös zu sein, denn sie zog ein ernstes Gesicht. Aufgeregt fragte sie ihren kleinen Sohn, ob der vielleicht irgendetwas Merkwürdiges bemerkt hätte. Und Jonny wusste sofort, was sie meinte, denn auch er hatte ja gerade etwas sehr Seltsames erlebt. Hastig berichtete er von seinen Erlebnissen, während die Mami den Fernseher einschaltete. Auch dort brachte man

gerade eine Sondersendung. Es ging um merkwürdige Vorfälle, wonach sich Dinge, Gegenstände wie von Geisterhand bewegt von dem
Ort, auf welchem sie sich befanden, erhoben und
wie Luftballone in der Luft schwebten. Überall
auf der Welt hatte man das beobachtet und die
Menschen sorgten sich sehr, denn es schien wie
ein böses Zeichen, dass über die Welt gekommen
sei. Jonny und seine Mami schauten sich mit
großen Augen an und dann schmiegte sich unser
kleiner Jonny ganz dicht an seine Mami heran. Es
war, als suchte er Schutz bei ihr und wollte nicht
mehr aus seiner sicheren Deckung hervorkom-
men. Die Mami streichelte sacht über Jonnys
Haar und meinte dann mit leiser Stimme: „Warten wir's erst einmal ab, was da los ist. Uns wird
schon nichts geschehen, wirst es sehen." Doch
Jonny spürte in ihrer Stimme, dass sie sich sehr
sorgte. Der Abend legte sich wie eine düstere
unheilvolle Glocke über die Stadt und auch über
die Hollywood-Hills, wo ja unser kleiner Jonny
zu Hause war. Am Himmel erschienen die unzähligen glitzernden Punkte. Auch der Mond,
der an diesem Abend als Vollmond erschien,
wachte über das Universum, als sei es nie anders
gewesen. Doch in dieser Nacht beherrschte noch
etwas ganz anderes die Welt: die Angst vor einer
unbekannten Gefahr. Jonny lag in seinem Bettchen und die Mami hatte längst das Licht in seinem Zimmer ausgeschaltet, da hörte Jonny ein
leises Rascheln vor seinem Fenster. Irgendwie

fürchtete er sich so sehr, dass er sich die Bettdecke über die Ohren zog.

Doch dann vernahm er eine sehr bekannte Stimme, die zu ihm sprach: „Hallo Jonny, ich bin's doch nur." Als Jonny endlich wieder unter seiner Bettdecke hervorblinzelte, freute er sich riesig. Denn es war sein Papa, der lächelnd vor seinem Bettchen stand. Natürlich war die Freude riesig und die beiden fielen sich weinend in die Arme. Aber dann berichtete Jonny von dem, was er am Nachmittag erlebt hatte, und er erzählte von den sonderbaren Dingen, die überall auf der Welt beobachtet worden waren. Der Papa runzelte die Stirn und meinte dann: „Ja, das habe ich auch gehört. Und ich weiß auch, was daran Schuld hat. Es ist irgendeine Anomalie in der Gravitation. Irgendetwas geht vom Erdkern aus, so viel scheint wohl sicher zu sein. Nur, wie man das Problem beseitigen kann, und was es überhaupt ist, weiß niemand." Jonny wischte sich die Tränen aus dem Gesicht, schaute seinen Papa traurig an und flüsterte dann: „Müssen wir jetzt sterben?" Der Papa streichelte seinem kleinen Sohn über die Stirn und meinte dann, dass es ganz bestimmt eine Lösung des Problems gäbe. Und er schlug vor, sofort loszufliegen, um nach dem Ursprung des Problems zu suchen.

Das wirkte bei unserem kleinen Jonny wie eine ordentliche Portion Schokoladeneis. Mit einem Satz sprang er aus seinem Bettchen und schon hatte er sich seinen Jogginganzug übergezogen. Aber diesmal war da keine Silberwolke, und der

Papa meinte auch nicht, dass sie nun zusammen losfliegen würden. Nein, der Papa sagte etwas sehr Sonderbares: „Du musst mir jetzt ganz tief in die Augen schauen, dann werden wir zwei dorthin gelangen, wo wir hinwollen. Also jetzt!" Jonny tat, wie ihm sein Papa geheißen hatte und starrte seinem Papa lange und ziemlich scharf in die Augen. Zunächst passierte nichts und unser kleiner Held wollte schon entnervt aufgeben.  Aber dann begannen sich die Pupillen des Papas wie Karussells zu drehen, Sie wurden schneller und schneller und alsbald wurde es Jonny leichter und leichter. Er fühlte sich wie ein Luftballon und es war ihm, als würde er von den Pupillen magisch angezogen. Schließlich fiel er in die Pupillen hinein und fiel und fiel und fiel ... Irgendwann schwebte er zusammen mit seinem Papa vor einem riesigen zigarrenförmigen Luftschiff, welches vor ihnen driftete. „Damit fliegen wir zum Erdkern", sagte der Papa und schon befanden sie sich im Inneren des sonderbaren Luftschiffes. Doch da war nichts Besonderes zu sehen, nur zwei weiße Sessel vor einer riesigen Bildfläche, auf der die kugelrunde Erde zu sehen war. „Mach es dir bequem mein Sohn, dann geht's los", meinte der Papa dann und Jonny ließ sich in einen der schneeweißen, äußerst bequemen Sessel plumpsen. Als auch sein Papa in seinem Sessel platzgenommen hatte, bewegte sich das Luftschiff, doch Jonny merkte es nur daran, dass die Erdkugel auf der Bildfläche vor ihnen immer größer und mächtiger wurde. Landschaft

160

erschienen, Hollywood und schließlich tauchte das riesige aus Plasma bestehende Luftschiff in den Ozean vor Santa Monica ein.
Unzählige Luftblasen umströmten den Flugkörper, doch im Inneren war nichts zu spüren, nicht einmal die kleinste Bewegung. Es dauerte eine Weile, dann tauchten aus der Tiefe des Ozeans die Umrisse eines riesigen Gebäudes auf.  Jonny hatte es irgendwo schon einmal gesehen, doch er konnte sich nicht erklären, wo das gewesen sein sollte. Immer größer wurde das Gebäude, und die steinernen Mauern ragten wegen der Dunkelheit, die hier in der Tiefe herrschte, düster und bedrohlich in die Höhe.

„Das ist das Ozan-Pentagon, das Verteidigungsministerium der Vereinigten Staaten, welches für ungeklärte Phänomene zuständig ist", meinte der Papa und seine Stimme klang so unheilvoll, wie die gesamte Szenerie in diesem Moment erschien. Jonny wunderte sich, denn eigentlich befand sich das Pentagon ja in der Hauptstadt, in Washington, doch als er den Papa danach fragen wollte, hielt der sich nur den Zeigefinger vor den Mund und wiegte seinen Kopf hin und her. Jonny wusste, dass er nicht weiter nachfragen sollte, doch seine Neugierde war schier grenzenlos. Wie kam das Pentagon ausgerechnet hierher in die Tiefen des Ozeans? Als ob der Papa seine Frage verstanden hätte, antwortete er ihm darauf: „Das Pentagon ist überall, wo es gebraucht wird. Und es hat viele Geheimnisse der Natur in den letzten Jahren entschlüsselt. Dazu gehört auch das Geheimnis der Gravitation. Doch jetzt müssen wir still sein, denn wir werden bereits gescannt." Auf der Bildfläche vor Jonny und seinem Papa erschien ein Lichtspalt, der rasch größer wurde. Das musste der Eingang sein und augenblicklich glitt das Luftschiff durch den Lichtspalt hindurch, um wenig später in einem wundersamen Universum aufzutauchen.

Jonny blieb vor Staunen der Mund weit offenstehen, denn so etwas hätte er sich in seinen kühnsten Träumen nicht gewagt vorzustellen. Sie schienen gar nicht mehr unter Wasser zu sein, sondern in einer riesigen Sandwüste. Wie war so etwas nur möglich? Das Luftschiff glitt über nur mit spärlicher Vegetation bewachsenen Bergen dahin und sauste wenig später durch Steinwüsten bis hin zu einem Areal, welches von einer sonderbaren wolkenverhangenen Atmosphäre umgeben schien. „Das ist die sagenumwobene Area 51", flüsterte der Papa, „hier kann keiner rein, nur unser Luftschiff, denn der Weg führt nur über das Pentagon hierher." Jonny rieb sich die Augen, so nervös war er geworden und er konnte es einfach nicht mehr abwarten, in dieses merkwürdige Areal zu gelangen.

Das Luftschiff hielt kurz inne, dann knackte es leise und die weißen Wolken drifteten auseinander. Sie gaben den Blick auf eine Stadt mit hohen Türmen frei, die Jonny noch nie zuvor gesehen hatte. Alles sah derart fremdartig aus, dass Jonny regelrecht die Augen übergingen. Langsam glitt das Luftschiff zwischen den Türmen einher und schien genau zu wissen, wo es hinwollte. Ein riesiger Turm, der alle anderen überragte, schien das Ziel zu sein, denn genau vor diesem Turm hielt das Luftschiff an. Ein Schott glitt zur Seite und sog das Luftschiff in sich ein. Dann wurde es still, sehr still. Jonny wurde es ziemlich unheimlich zumute, doch der Papa beruhigte seinen Sohn. „Wir müssen warten, hier gelten strenge Sicherheitsvorschriften", meinte er leise und dann erschien eine Schrift auf dem Bildschirm: Legalisiert! Das Luftschiff löste sich einfach in Luft auf und Jonny und sein Papa standen auf einer kreisrunden, dunklen Plattform. Um sie herum schien nichts zu sein, nur Dunkelheit und dann knackte es wieder so merkwürdig. Jonny war es plötzlich, als würde ihm schwindelig, so, als befände er sich in einem Fahrstuhl, der nach unten sauste. Und der Papa gab dem Gedankengang seines Sohnes recht, denn die Plattform war auch nichts anderes als ein riesiger Lift. Der sauste mit unglaublicher Geschwindigkeit in die Tiefe hinab. Aus dem Boden des Lifts fuhren zwei weiße Sessel empor, solche, wie sie sich bereits im Luftschiff befanden. Dort hinein ließen sich Jonny und sein Papa fallen und Jonny fielen vor lauter Müdigkeit schon die Äuglein zu. Dann presste ein starker Druck die beiden Reisenden in die weichen Lederpolster und Jonny wusste, dass sie angehalten hatten. Doch noch immer war Dunkelheit um sie herum und Jonny fürchtete sich ein ganz klein wenig.

„Komm", raunte der Papa, „wir müssen raus. Wir sind schon kurz vor dem Erdkern. Aber hier unten kann es gefährlich werden. Niemand weiß, was hier unten wirklich ist, denn der Lift war nur für Erkundungen des Erdkerns gebaut worden. Vor hier ab müssen wir selber sehen, wie wir klarkommen." Jonny wusste nicht, ob er das alles noch durchhalten würde. Eigentlich wollte er viel lieber wieder nach Hause zu seiner Mami und in sein weiches Bettchen. Was wohl seine Lehrerin zu alledem meinen würde?

Der Papa aber lächelte wieder und das gab dem kleinen Jonny Kraft zum Weitermachen. Auch war da diese unglaublich starke Neugierde, die ihn immer weitermachen ließ. Und so sprang er aus seinem Sessel und lief seinem Papa hinterher, immer weiter in die Dunkelheit hinein.

Lange waren sie unterwegs und es wurde langsam heller. Doch es war kein Tageslicht, welches die beiden Helden in sich einhüllte, es war das Glühen des Erdkerns – oder war es doch etwas vollkommen anderes? Und erst jetzt sah Jonny, was da um sie herum geschah. Es funkelte und glitzerte, doch all dieses Glitzern war doch nur geschmolzenes Gestein, welches sich zu Edelsteinen formte und dabei die fantastischsten Formen entstehen ließ. Doch es wurde auch immer lauter. Es krachte und rumste, polterte und knallte, als wenn ein Vulkan ausbrechen wollte. Seltsame Gase hüllten die beiden in sich ein und der Papa mahnte zur Eile, denn er wusste genau, wohin er wollte. Jonny hingegen war es gar nicht mehr so wohlig ums Herze, immerhin befanden sie sich tausende Kilometer unter der Erdkruste und da konnte wahrlich alles passieren.

Plötzlich bebte die Erde und Gesteinsbrocken, die größer waren als Trucks krachten zu Boden. Sollten sie wirklich weiterlaufen? Aber da fiel Jonny auf einmal wieder ein, warum er all das ertrug.  Er wollte ja den sonderbaren Erscheinungen auf der Erde auf den Grund gehen, vielleicht hinter deren Geheimnis kommen, da musste er schon etwas ertragen können.

Die beiden liefen immer weiter und dann geschah es plötzlich: Vor ihnen schwebte eine riesige schwarze Wolke! Jonny erschrak, denn diese Wolke sah einfach sehr fruchteinflößend aus. „Hier können wir nicht mehr weitergehen. Hier endet auch die Area 51. Hier ist unbekanntes Gebiet", raunte der Papa mit einem unheimlichen Unterton in seiner Stimme.

Die beiden setzten sich hinter einen der riesigen Steine und überlegten, wie sie weitermachen sollten. Jonny gingen Dutzende Gedanken durch den Kopf. Welches Geheimnis verbarg sich hier unten? Wohin führte dieser Weg von der Area 51? War *das* vielleicht das Geheimnis der geheimen Basis? Der Papa machte auf einmal seltsame Handbewegungen und plötzlich erschien das Luftschiff, welches sie eigentlich auf der Basis zurückgelassen hatten. Jonny wunderte sich schon gar nicht mehr, denn viel zu verrückt war alles, was er bisher erlebt hatte. „Komm, wir gehen ins Luftschiff", meinte der Papa und die beiden liefen in das Plasma-Luftschiff hinein. Hinter ihnen verfärbte sich der bislang transparente Rumpf des Flugkörpers und die beiden ließen sich erschöpft in die weißen Sessel, die noch immer vor der riesigen Bildfläche standen, fallen. Jonny fielen die Augen zu, doch schnell riss er sie wieder auf, denn er wollte ja sehen, was nun geschah. Langsam erhob sich das Luftschiff und glitt immer weiter voran. Auf dem Monitor erschien ein massives Gebirge, welches nur vom Glühen des Magmas, welches überall um sie herum waberte, angeleuchtet wurde. Plötzlich schwebten sie vor einem Abgrund! Aber halt, es war nicht nur ein Abgrund, es war ein tiefes Tal, und auf der anderen Seite bewegte sich ein riesiger schwarzer Wirbel. Wie gebannt starrte Jonny auf diesen Wirbel, der die Ausmaße des Mondes zu haben schien. Ihm wurde angst und bange und er wusste nicht, ob das, was er da sah, gut oder böse war. „Wir haben es gefunden", rief der Papa, „es ist tatsächlich ein "Schwarzes Loch", welches sich im Erdkern befindet. Es beeinflusst die Gravitation, deswegen geschehen oben auf der Erde diese sonderbaren Dinge." Jonny glaubte, seinen Ohren nicht mehr trauen zu können. Ein „Schwarzes Loch", hier unten? Das war doch wirklich vollkommen unmöglich, oder etwa doch? Der Papa nickt vielsagend, aber wie sollten sie das „Schwarze Loch" zerstören, damit es keinen Schaden mehr anrichten konnte? Darauf wusste wohl auch sein Papa keine Antwort mehr.

Lange saßen die beiden vor dem riesigen Monitor und starrten auf das vibrierende schwarze Monster, welches sich unter dumpfem Dröhnen um sich selbst drehte. Es sah derart fürchterlich aus, dass Jonny wirklich schon an die düstersten Weltuntergangsszenarien dachte. „Wir werden alle sterben", sagte er dann leise und sein Papa schwieg. Möglicherweise dachte er wohl gerade über eine Lösung der ausweglosen Lage nach. Doch wie sollte die aussehen, wenn doch solch ein „Schwarzes Loch" noch gar nicht richtig erforscht war?

Area 51

Die Singularität

Die beiden Helden hatten es bis zur Area 51 geschafft. Dank eines wundersamen Luftschiffes, welches aus einer Art Plasma bestand, konnten Jonny und sein Papa bis zum Erdkern vordringen. Dort jedoch schien auch die Macht der Area 51 zu enden. Doch die beiden entdeckten etwas ganz Außergewöhnliches in dieser bedrohlichen Tiefe: ein „Schwarzes Loch"! Wie aber konnte ein solches Gebilde, von dem man bislang annahm, es existiere nur weit draußen im Universum und dort auch nur in Zentren von Galaxien, ausgerechnet ins Zentrum unseres Heimatplaneten gelangen? Wer oder was hat es hierhergebracht? Es gab wohl mehr Fragen als Antworten und die beiden Abenteurer dachten schon ans Umkehren, wenn da nicht die schreckhafte Tatsache wäre, dass das „Schwarze Loch" wohl in absehbarer Zeit die Erde vollends zerstören würde

Die beiden hatten es sich in ihrem Luftschiff halbwegs bequem gemacht, da setzte es sich auch schon in Bewegung. Und wieder spürte Jonny gar nichts, es schien, als würden sie still und ruhig am Ort verbleiben. Langsam glitt das Lustschiff auf das vermeintliche „Schwarze Loch" zu und das wiederum wurde riesiger und monströser. Plötzlich schaltete sich der große Bildschirm vor den beiden Abenteurern ab! Der

Papa schien irritiert und Jonny rutschte ein Stück in seinen Sessel hinein. Was geschah hier nur? Auch die stetige Sekundenanzeige der Digitaluhr über der Bildwand blieb abrupt stehen. Es wurde dunkel, denn auch das Licht schien sich auszuschalten. Jonny und sein Papa fielen in einen tranceartigen Zustand. Vor Jonny erschienen seltsame Dinge: Stonehenge, das steinerne Mysterium in Schottland, fliegende Untertassen und schließlich kleine Wesen, die aussahen wie Aliens. Ihre riesigen schwarzen Augen starrten Jonny mitten ins Gesicht. Der wiederum erschrak fürchterlich und er riss seine Augen weit auf. Doch mehr als seinen schlafenden Papa sah er nicht. Alles schien still und starr und dem Ende nah. Da erwachte der Papa wieder und er flüsterte: „Vermutlich befinden wir uns am so genannten Ereignishorizont, der Singularität, oder wie das die Forscher auch immer bezeichnen. Was nun geschieht, weiß ich leider auch nicht." Jonny hatte es schon aufgegeben, an irgendetwas zu glauben, irgendwie hatte er auch gar keine Angst mehr und die Müdigkeit schien längst verflogen. Und als er schon glaubte, ihn könne nichts mehr erschüttern, riss ihn eine sonderbar monotone Stimme, die ziemlich dumpf ertönte, aus seinem Dämmerzustand. Auch der Papa schaute sich irritiert um, schien so etwas auch noch nie erlebt zu haben. Die Stimme schien aus allen Richtungen zu kommen, mal von oben, mal von unten, dann wieder von rechts und schließlich von links. „Ihr seid am Rande Eures Universums an-

169

gelangt", raunte die düstere Stimme, „jetzt gleitet ihr in ein anderes Universum hinein. Es ist das Tor zu einer anderen Existenzform. Ihr werdet nun sterben und schließlich als neue Wesen erwachen. Seid mir Willkommen!" Die Stimme verstummte und die beiden Abenteurer schauten sich ungläubig an. In ein anderes Universum?  Der Papa sprach davon, dass ein berühmter Forscher, Stephen Hawking, davon sprach, dass es vermutlich mehrere Universen gäbe. Was das jedoch bedeutete, konnte bislang niemand beweisen, niemand erklären und schon gar keiner nachweisen. Wo also ging es hin? Und warum sollten sie nun sterben? Nein, sterben wollten sie nun wahrlich nicht, dafür liebten sie ihr Leben viel zu sehr. Außerdem waren sie ja Menschen, und denen fiel doch immer etwas ein, wirklich immer? Eine ganze Weile schauten sich Jonny und sein Papa an. Sollte wirklich alles an dieser Stelle zu Ende gehen, um dann in einem neuen Universum wieder zu erwachen? Nein, sie mussten etwas tun! Sie liebten dieses Universum und wollten einfach nur hierbleiben. Außerdem, wer sagte ihnen denn, dass sie wirklich in ein anderes Universum kommen würden? Am Ende lauerte nichts anderes als der Tod und das Verderben, nein, so ging es wahrlich nicht!

Da fiel dem Papa tatsächlich etwas ein. Ein merkwürdiges Ritual, welches einst in Stonehenge abgehalten wurde. Es hing mit der Sonne zusammen. Und er griff in seine Hosentasche und holte einen seltsam geformten Stein hervor.

„Den habe ich früher mal von Stonehenge mit nach Hause genommen", sagte er dann nachdenklich, „ich war mal dort und habe mir alles angeschaut. Zwischen den großen Felsblöcken, die die Menschen in grauer Vorzeit dort aufgestellt hatten, lagen viele kleine Steine da herum und einen habe ich aufgehoben und eingesteckt.  Weiß der Kuckuck, warum ich in den nie weggeworfen hatte!" Jonny wusste nicht, was sein Papa vorhatte, staunte aber diesen sonderbaren Stein. Er war nicht größer als ein kleiner Kieselstein, hatte aber ein dreieckiges Loch in seiner Mitte. „Wir halten Stein in die Höhe und zwar so, dass das Schwarze Loch in der Mitte des Loches ist. Irgendjemand hatte mir damals gesagt, dass etwas geschehen wird, wenn man den Stein so hält, dass die Sonne in seiner Mitte zu sehen ist. Also muss das auch mit diesem „Schwarzen Loch" möglich sein, hoffe ich zumindest." Jonny schaute recht argwöhnisch zu seinem Papa und dann zu dem sonderbaren Stein. Sollte das wirklich helfen? Egal, alles war richtig, denn nichts zu tun, bedeutete den sicheren Tod! Und so hob der Papa den Stein in die Höhe. Und tatsächlich, die Bildwand erhellte sich und zeugte das vor ihnen wabernde „Schwarze Loch" Jonny und der Papa schauten durch das kleine Dreieck und hielten den Stein so, dass sie das „Schwarze Loch" durch das Dreieck sehen konnten. Sofort knallte es und bunte Kreise tauchten auf der Bildwand auf. Das Luftschiff erzitterte und die bunten Kreise drehten sich in immer schnellerer Geschwindigkeit.

171

Als die Bewegung nicht mehr wahrgenommen werden konnte, ruckte es erneut ziemlich heftig, dann wurde es ruhig. Jonny schaute zur Bildwand – das „Schwarze Loch" war verschwunden. Und als die beiden die Rundumsicht betätigten, konnten sie das „Schwarze Loch" nirgends mehr entdecken. Stattdessen war für eine Sekunde das steinerne Rondell von Stonehenge zu sehen. Dann verlosch das Bild. „Es ist fort", rief der Papa und Jonny konnte sein Glück und seine Freude kaum in Worte fassen. Der kleine Stein hatte das „Schwarze Loch" beseitigt, wie war das nur möglich? Hatte wirklich dieser magische Ort Stonehenge etwas mit alledem zu tun? Eine Antwort fanden die beiden nicht, waren aber froh, dass alles zu Ende war und sie weiterlebten. Das Luftschiff schien auch wieder zurück zur Area 51 zu driften, denn sie bewegten sich auf einen hellen Lichtpunkt zu. Schließlich schwebten sie durch die wolkenverhangene Barriere hindurch, welche sie schon bei der Ankunft in der Area 51 durchflogen hatten und blieben stehen. Unterdessen war Jonny so müde geworden, dass er sich einfach nicht mehr halten konnte. Er schlief einfach ein und sein Papa deckte ihn mit einer weichen Decke zu.

Lange musste Jonny geschlafen haben, denn irgendjemand rief recht laut nach ihm: „Nun stehe aber endlich auf, du musst zur Schule!" Als Jonny langsam die Augen aufschlug, blickte er in das besorgte Gesicht einer Frau. Es war seine Mami, die ihn schon mehrmals erfolglos geweckt

172

hatte. Endlich wurde Jonny wach. „Na, das wird ja Zeit", schimpfte die Mami und Jonny schob sich schweigend aus seinem Bettchen. Irritiert erkundigte er sich nach dem Luftschiff und nachseinem Papa. Die Mami schaute ihren kleinen Sohn ungläubig an und meinte dann, dass er nicht so viel träumen sollte. Seine Lehrerin wollte eine Mathematikarbeit schreiben lassen und dafür sollte Jonny ausgeschlafen sein, meine die Mami besorgt. Doch Jonny hatte alles andere im Sinn als die Schule und eine Mathearbeit. Er dachte an seine Erlebnisse in der Area 51 und bei diesem „Schwarzen Loch", welches die Erde bedrohte. „Was ist denn mit den schwebenden Sachen", erkundigte er sich dann. Die Mami meinte, dass alles ganz normal sei und Jonny sicher alles nur geträumt hatte. Jonny konnte das beinahe nicht glauben, er wollte es nicht glauben, denn viel zu real erschienen ihm die Erlebnisse der letzten Nacht. Die Mami schaltete das Radio ein und dort brachte man eine Meldung, die Jonny regelrecht schockierte: „In der gestrigen Nacht wurde eine Anomalie der Gravitation bemerkt. Forscher sprachen von einem Wirbel, der im Erdkern vermutet wurde. Dieser Wirbel aber hat sich ganz plötzlich aufgelöst und die Anomalie ist nun wieder vorüber. Was wirklich dahinter steckt, kann noch keiner sagen. Allerdings sprechen einige Wissenschaftler von einem „Schwarzen Loch", welches im Erdkern vermutet wurde. Ob es noch da ist oder verschwunden ist, weiß niemand. Eine Merkwürdigkeit fiel aber auf: eine

sonderbare starke Strahlung ging vom steinernen Kulturerbe Stonehenge in England aus. Es soll kurzzeitig grell aufgeblitzt sein, und eine Art Lichtstrahl sei zur sagenumwobenen Area 51 gejagt. Was das aber zu bedeuten hatte, weiß gegenwärtig niemand zu sagen. Jedenfalls besteht derzeit keine Gefahr mehr!" Jonny schaute seine Mami vielsagend an – und die meinte dann nur leise: „Jetzt musst du aber in die Schule. Los, ich sag Papa, dass alles in Ordnung ist."

Böse Frau

Susan wollte sich ein neues Haus kaufen. Und obwohl sie ein schöneres und größeres Haus als der Bankdirektor der Stadt besaß, reichte ihr dieses alte Haus nicht mehr aus. Sie war macht- und geldgierig und als Anwältin sehr gefürchtet.  Schon so manchen berüchtigten Verbrecher hatte sie mit Intrigen und üblen Tricks aus dem Knast geboxt, der dann seinerseits nichts anderes zu tun hatte, als neue Straftaten zu verüben. So war sie über die vielen Jahre zu einem beträchtlichen Vermögen gekommen. Doch sie wollte immer mehr. Neuerdings ging sie sogar über Leichen. Und als ihre Eltern bettlägerig wurden, ließ sie nicht etwa eine Haushaltshilfe kommen, die sich um das alte Ehepaar hätte kümmern können. Nein, sie verfrachtete ihre Eltern eiskalt in ein mieses Pflegeheim, wo sie qualvoll dahinvegetieren mussten. Nicht einen müden Cent gab Susan für die beiden aus, denen sie einst als Kind doch so viel zu verdanken hatte. In einem renommierten Immobilienblatt fand sie schließlich, was sie suchte. Ein riesiges Haus, welches auf einem Hügel stand und von wunderschönen Blumenwiesen umgeben wurde. Die Bauweise dieses Gebäudes fand sie so wundervoll, dass sie das Haus sofort kaufte und schnellstens dort einzog. Allerdings war ihre Gier nach noch mehr Reichtum und noch größerer Macht damit nicht beendet. Nein, sie verklagte sogar schon Kinder, wenn die nur

175

etwas im Supermarkt gestohlen hatten. In der Stadt sprach man bereits von der teuflischen Susan. Aber das störte sie nicht. Im Gegenteil, lächelnd ließ sie sich in einem Boulevardblättchen abbilden und fühlte sich stark dabei. Eines Abends, als sie im Wintergarten ihres neuen Luxusanwesens über neue Boshaftigkeiten nachdachte, hörte sie plötzlich ein Geräusch. Das musste von draußen kommen. Ärgerlich erhob sie sich aus ihrem weichen Sessel und schaute durch die Glasscheiben in den Garten hinaus. Aber da war keiner. Da der Wintergarten über einen separaten Ausgang zum Garten verfügte, ging sie hinaus. Draußen wehte ein heftiger Wind. Möglicherweise hatte der irgendetwas bewegt und das Klappern dabei verursacht. Gerade wollte sie wieder ins Haus zurück, als sie das Geräusch erneut vernahm. Sie drehte sich um und starrte entsetzt in das Gesicht eines alten Mannes. Erschrocken wich sie einen Schritt zurück. Der Alte war mit einem langen schwarzen Mantel gekleidet und sah irgendwie aus wie ein Priester. „Was wollen Sie von mir", rief Susan laut. Doch der Alte reagierte nicht. In höchster Aufregung schrie sie: „Wenn Sie Geld wollen, dann hole ich Ihnen welches. Wie viel brauchen Sie?" Doch der alte Mann zeigte keinerlei Regung. Susan schlich zur Tür und wollte ins Haus zurück, da fühlte sie ein unerträgliches Drücken in der Magengegend. Ihr wurde schlecht und zum ersten Male empfand sie etwas, das sie bis dahin nicht kannte, Angst! Wie gelähmt verharr-

176

te sie in der Tür und konnte einfach nicht ins Haus gehen. Sie wusste nicht, woran das lag, stand wie festgeklebt in der Tür und starrte zu dem Alten auf der Wiese. Plötzlich begann der Alte zu sprechen und seine monotone Stimme hörte sich an wie das Gemurmel des Teufels. „Ich bin Pater Joseph. Du kannst nicht mehr entfliehen. Denn Du wirst bald Deine gerechte Strafe bekommen. Wegrennen bringt nichts mehr. Deine Gier wird Dich töten." Bei diesen letzten Worten löste er sich einfach in Luft auf und verschwand. Susan starrte auf die leere Wiese und zitterte am ganzen Leibe. Sollte sie die Polizei rufen? Aber das hatte keinen Sinn, denn es war ja keiner mehr da. Lange stand sie noch in der Tür und konnte sich einfach nicht bewegen. Erst nachdem es zu regnen begann, kam sie wieder zu sich. Sie sprang ins Haus und knallte die Tür hinter sich zu. Dann verriegelte sie alle Türen im Haus und ließ sämtliche Jalousien herunter. Ängstlich verzog sie sich in ihr Schlafzimmer, welches sich in einem Türmchen am Haus befand. Dort fühlte sie sich halbwegs sicher. Dorthin würde ihr der Alte ganz sicher nicht folgen können. Die ganze Nacht brachte sie kein Auge zu. Ständig glaubte sie, Geräusche zu hören und sah schon den alten Mann mit einem Messer vor ihrem Bett drohen. Doch es blieb ruhig. Der Alte kehrte nicht mehr zurück. Wer allerdings nun annimmt, Susan wäre von diesem Erlebnis eingeschüchtert worden, der irrt gewaltig. Denn es wurde immer noch schlimmer mit ihr. Sie hetzte

Gerichtsvollzieher auf Mütter, die einfach das Geld nicht hatten, um einen Kredit abzustottern und beschuldigte ältere Leute, dass sie auf der Welt waren. Sie kannte einfach keine Grenze mehr und schäumte regelrecht über vor Hass. Natürlich mied sie jeder in der Stadt und wo sie auch erschien, leerte sich bald der Raum. Keiner wollte mehr etwas mit ihr zu tun haben. Denn jeder hatte Angst, er wäre der nächste, den sie sich aufs Korn nehmen würde. Die Tage vergingen und Susans Schicksal schien sich zu wenden.  Sie hatte plötzlich kaum noch Erfolg vor Gericht und das Geld wurde immer knapper. Und auch im Haus funktionierte nichts mehr. Immer wieder fiel der Strom aus, weil eine Lichtleitung defekt war. Dann streikte der Herd in der Küche und schließlich funktionierte die Heizung nicht mehr. Susan wusste nicht, woran das liegen konnte. Schließlich gab sie doch alles, was ihr möglich war. Sie wurde immer bösartiger und brauchte immer höhere Geldsummen, um so richtig zufrieden zu sein. Trotzdem blieb der Erfolg schon bald gänzlich auf der Strecke und sie wurde krank. Und als ob das noch nicht alles gewesen sei, erschien wieder der rätselhafte Alte und sprach: „Nun siehst Du, wie Dein böses Dasein langsam zerbricht. Du wirst noch an mich denken." Der Alte verschwand und Susan kochte vor Wut. Wie konnte er es sich erdreisten und noch einmal zu ihr kommen. Stöhnend stieg sie aus ihrem Bett und verfluchte den Alten. Dabei verzog sie ihr Gesicht zu einer furchtbaren Grimasse. Und eine Flamme schlug aus dem Erdinneren plötzlich hervor. Susan glaubte fest daran, dass dies nur der Teufel sein konnte und sie lachte laut und schrill. Und sie stand an dem Feuer und beschwor es. Doch nicht einmal im Traume konnte sie ahnen, dass dieses Feuer keineswegs vom Teufel gesandt wurde. In Windeseile verbreitete sich das Feuer im ganzen Haus, erfasste die Gardinen, die kostbaren Teppiche, die sündhaft teuren Stilmöbel – alles ging in Flammen auf und schon bald loderten die Flammen meterhoch in den schwarzen Nachthimmel hinein. Susan schrie aus Leibeskräften, doch niemand hörte sie. Und diejenigen, die sie hörten, hielten sich die Ohren zu. Nun wusste sie, was es hieß, keine Freunde zu haben und nur böse zu anderen Menschen zu sein. Doch es nutzte ihr nichts mehr. Inmitten der Feuersbrunst fiel zu Boden und die Flammen fraßen sie gierig auf. Gegen Mitternacht war von dem wunderschönen großen Anwesen nur noch ein Häufchen Asche übrig, welches vom Wind in alle Himmelsrichtungen verweht wurde. Am nächsten Morgen standen dutzende Feuerwehren auf der verbrannten Wiese. Doch sie hatten nichts mehr zu löschen. Vor ihnen breiteten sich nur noch die verkohlten Überreste des einstmals so stolzen Hauses aus. Die Polizei erschien, doch es konnte auch keine Brandstiftung festgestellt werden. Nur ein alter Mann lief schweigend an den verbrannten Resten vorbei. Ein Jahr später war von der einstigen Katastrophe nichts mehr zu sehen. Die Wiese

179

war neu angelegt und ein neues Haus erstrahlte hell im Licht der Sonne. Ein junges Ehepaar interessierte sich für das Anwesen und wollte sich über die Gegend erkundigen, bevor es einzog. Der Immobilienmakler meinte: „Sie werden glücklich sein auf diesem wunderschönen Fleckchen Erde, denn an dieser Stelle hat vor zweihundert Jahren eine kleine Kirche gestanden. In dieser Kirche hielt ein damals sehr beliebter Pater die Gottesdienste ab, Pater Joseph Christophorus. Den guten Menschen wird es dort immer gut gehen, sie sind von Gott gesegnet. Doch die Bösen werden keine Freude an diesem Orte haben." Das Pärchen entschloss sich, einzuziehen. Sie waren gute Menschen und schon bald bekamen sie Nachwuchs, einen Sohn. Als er getauft wurde, erschien ein alter Priester und taufte das Kind. Und er unterschrieb die Taufurkunde mit seinem Namen, Pater Joseph Christophorus ...

Eingeschneit

Es war Winter geworden. Von einem leichten Wind bewegt flogen die Flocken vor meinem Fenster wie Daunenfedern auf und ab. Mein kleines Haus, welches ich erst seit einem Jahr bewohnte, lag ziemlich einsam. Ich hatte es von meinem Großvater geerbt. Allerdings waren die Wege in die Stadt und zu meiner Arbeit recht weit.  Und jetzt im Winter gestaltete sich die Fahrt über die unbefestigte Landstraße sehr schwierig. Überdies musste ich mich mit dem Gedanken befassen, eine neue Heizung einbauen zu lassen. Großvater hatte sie damals zwar ab und zu überprüfen lassen, doch jetzt nagte der Zahn der Zeit beträchtlich an dem alten Monstrum. Leider fehlte mir das Geld, um die Anlage zu erneuern. Als ich an einem sehr stürmischen Abend von der Arbeit nach Hause zurückkehrte, bemerkte ich zu allem Übel auch noch, dass der Sturm mehrere Löcher in das alte Dach gerissen hatte. Das war zu viel! Das überstieg eindeutig meine finanziellen Möglichkeiten! Ich nahm mir vor, das Haus zu verkaufen. Schweren Herzens beauftragte ich einen Immobilienmakler mit dieser Aufgabe. Außerdem begann ich mit dem Aussortieren. Als ich den Keller betrat, traf mich regelrecht der Schlag. Seit Jahren war keiner mehr hier unten gewesen. Alles lag kreuz- und quer durcheinander. Es dauerte Tage, bis ich mir einen kleinen Pfad durch dieses Chaos gebahnt hatte. Eines Tages rief mich der Immobilienmakler zurück. Er meinte, er habe endlich einen Käufer gefunden. Wir vereinbarten einen Besichtigungstermin und die junge Familie zeigte ernsthaftes Interesse. Immerhin noch eine knappe Woche hatte ich Zeit, um meine Sachen zu packen. Trotzdem wurde mir das Herz derartig schwer, dass ich kaum noch etwas essen konnte. Ich wusste, dass Großvater damals sehr an diesem alten Haus hing. Mit seinen eigenen Händen und unendlich vielen Entbehrungen hatte er es errichtet. Und jetzt sollte ich es für einen Spottpreis an wildfremde Leute abgeben? Mir wurde schwindlig bei diesem Gedanken. Die Weihnachtszeit kam und mit ihr auch die Erinnerungen an die Kinderzeit. Was hatten wir damals nicht alles erlebt. Großvater baute mir im Garten ein kleines Baumhaus. Und meine Eltern hatten das gesamte Haus monatelang in mühevoller Handarbeit verputzt, weil sie das Geld für die Maurer nicht aufbringen konnten. An Weihnachten aber waren wir immer zusammen und erzählten uns die spannendsten Geschichten unterm Weihnachtsbaum. Auch war es in diesem Haus, als ich die furchtbare Nachricht vom Tod meiner Eltern erhielt. Sie waren bei einem schweren Autounfall ums Leben gekommen. Immer spielte dieses kleine alte Haus eine wichtige Rolle in meinem Leben. Aber es half nichts. Ich musste es verkaufen. Als ich eines Morgens erwachte, wunderte ich mich sehr. Obwohl der Wecker bereits 8 Uhr anzeigte, blieb es stockdunkel. Irritiert schaute ich zum Fenster. Über

Nacht musste so viel Schnee gefallen sein, dass er bis zum Dach reichte. Ich war eingeschneit! Ich versuchte, die Feuerwehr zu erreichen. Doch die Telefonleitung war tot. Und auf meinem Handydisplay entzifferte ich lediglich die verhängnisvollen Worte: „KEIN NETZ!". „Na wunderbar", rief ich laut. Genervt stieg ich in den Keller, um nach einer Schaufel zu suchen.  Glücklicherweise hatte ich schon das Meiste aus dem Keller gebracht, um es später zu entsorgen. So fiel es mir leichter, zwischen den wurmstichigen Holzregalen nach Werkzeug zu suchen. Auf einem zugenagelten Verschlag klebte ein zerrissenes Schild. „Winterausrüstung", stand da kaum noch lesbar geschrieben. Das musste Großvater noch hier angebracht haben. Ohne große Anstrengung ließ sich der morsche Verschlag aufbrechen. Doch eine Schaufel oder eine Hacke fand ich dort nicht. Lediglich eine kleine Holzkiste. Sie stand vergessen auf dem total verdreckten Fußboden. Ich nahm die Kiste und stellte sie auf einen kleinen Hocker. Sie war nicht sehr schwer. Doch im Inneren klapperte etwas. Auf dem Deckel entdeckte ich ein eingerostetes Schloss. Da ich mir ganz sicher war, für dieses Schloss nirgends mehr einen Schlüssel zu finden, versuchte ich, den Deckel mit den Händen zu öffnen. Als mir dabei die Kiste herunterfiel, sprang der Deckel wie von selbst auf. Im Inneren lag lediglich ein verrotteter Briefumschlag, sonst nichts. Ich öffnete ihn. Laut klimpernd fiel ein kleiner Schlüssel herunter. Außerdem steckten noch ein zusammen gefalteter Brief und zwei Fotos darin. Auf den Bildern waren meine Eltern in Hochzeitsroben zu sehen. Auf der Rückseite der Fotos standen ihre Namen: Rita und Manfred. Ich faltete den Brief auseinander und las: „Für meine liebe Edna. Wenn Du das liest, bin ich schon tot. Du wirst es nicht glauben, aber ich habe im Lotto gewonnen. Genau 3,5 Millionen Dollar. Ich habe das Dach decken lassen und die neue Heizung bezahlt, damit Du nie wieder Kohlen schleppen musst. Auch sollen Rita und Manfred endlich heiraten. Den Rest lege ich in Wertpapieren an und deponiere sie in einem Bankschließfach. Hier sind die Daten und der Schlüssel. Mach's gut meine geliebte Edna. Meine Herzkrankheit hat mich nun von Dir getrennt. Ich liebe Dich. Du wirst immer in meinem Herzen bleiben." Mit Tränen in den Augen faltete ich den Brief wieder zusammen. Wieso hatte Großvater nie darüber gesprochen? Hatte er es vergessen? Ich erinnerte mich, dass er ganz plötzlich einen schweren Herzinfarkt erlitt, an dem er schließlich starb. Großmutter hatte den Schmerz nie verwunden. Kam sein Tod vielleicht so plötzlich, dass er an die Wertpapiere nicht mehr denken konnte? Als ich aus dem dunklen kalten Keller zurückkehrte, empfing mich eine wohlige Wärme. Die Sonne schien durch die Fenster. Und kein Schnee verdeckte mehr die Sicht. Verwundert bemerkte ich, dass die Heizung auf der höchsten Stufe stand und bullig heiß war. Wie konnte das sein? Sie funktionierte doch seit eini-

ger Zeit kaum noch. Wegen der Wärme unter den Fenstern, musste der Schnee draußen geschmolzen sein. Auch mein Handy empfing wieder volles Netz. Noch am gleichen Tag fuhr ich zur Bank. Die Wertpapiere brachten mir 3 Millionen Dollar ein. Ich konnte das Haus behalten. Eine neue Heizung musste ich nicht mehr  einbauen lassen. Die alte funktionierte nach einer gründlichen Sanierung wieder einwandfrei. Und manchmal grummelte sie sogar so laut, dass ich meinte, Großvaters Stimme zu hören.

Testfahrt

Seit einiger Zeit arbeitete ich in einem privaten KFZ-Testlabor. Wir hatten den Auftrag, einen neuen PKW-Typ zu testen. Dazu hatte man drei nagelneue Dummys angeschafft. Zwar waren sie sehr wichtig, doch ich mochte sie anfangs nicht. Sie hatten irgendetwas Bedrohliches an sich. Ich ahnte damals noch nicht, dass ich ihnen schließlich sogar mein Leben verdanken sollte. Die Testreihe begann und akribisch genau bauten wir die Teststrecke innerhalb Institutes auf. Ich war damit beschäftigt, eine Stahlwand auf die Strecke zu rücken. Dort sollte später das Fahrzeug aufprallen. Die Arbeit war recht mühselig und irgendwie hatte ich wohl alles um mich herum vergessen. Meine beiden Kollegen befanden sich in einem abgetrennten Raum. Sie programmierten die Computer, welche das spätere Geschehen in allen Einzelheiten aufzeichnen sollten. Ich hievte den Dummy in das Fahrzeug und schimpfte vor mich hin. Irgendwann schaute ich dem künstlichen Kerl in sein ebenso künstliches Gesicht. Beinahe ausdruckslos starrte es mich an. Dennoch schien es mir, als ob er lächelte. „Wart nur", brabbelte ich, „gleich wird Dir das Lachen vergehen!" Ich konnte nicht wissen, dass schon wenige Augenblicke später ich selbst nicht mehr lachen konnte. Ich setzte den Dummy in das Fahrzeug und präparierte alles so, wie es vorgeschrieben war. Im Fahrzeug musste ich noch einige wichtige Ein-

186

stellungen vornehmen, bevor der Test begann. Als ich mich weit nach unten beugte, verlor ich das Gleichgewicht und rutschte gänzlich ins Fahrzeug. Kopfüber hing ich zwischen Sitz und Armaturenbrett und kam nicht mehr heraus. Knackend schloss sich die Tür hinter mir. Verzweifelt versuchte ich, mich mit Tritten gegen die Tür zu befreien. Doch es half nichts. Ich steckte  fest wie ein Korken in der Sektflasche. Da die Scheiben getönt waren, konnten meine Kollegen nicht sehen, dass ich mich noch im Fahrzeug befand. Sie sahen lediglich die schwarzen Scheiben und die geschlossenen Türen. So mussten sie annehmen, dass alles vorbereitet sei. Schließlich lösten sie den Test aus. Ich spürte einen heftigen Ruck, der mich nach hinten drückte. Und ich wusste, dass in wenigen Sekunden das Fahrzeug gegen die Stahlwand knallen würde. Nicht angeschnallt und in meiner hilflosen Haltung hatte ich kaum eine Überlebenschance. Plötzlich spürte ich einen kräftigen Griff an meinen Füßen. Irgendetwas oder irgendjemand zog mich mit einem Ruck unter dem Armaturenbrett hervor, öffnete die Wagentür und schleuderte mich hinaus. Im gleichen Augenblick krachte das Fahrzeug gegen die Stahlwand. Dabei wurde der Dummy herausgeschleudert und mir wurde klar, dass mir soeben dieses Schicksal erspart geblieben war. Meine beiden Kollegen, die das Geschehen von ihrem sicheren Nebenraum aus beobachten mussten, kamen angerannt. Sie fragten mich, wie es mir ginge. Doch mehr als ein paar

187

Prellungen hatte ich nicht abbekommen. Wir konnten uns nicht erklären, wer oder was mich aus dem Wagen geschleudert hatte. Auch die Computer zeigten nichts an- sie waren aus einem unbekannten Grund ausgefallen. Ich fragte auch nicht weiter nach, war froh, dass ich noch einmal ungeschoren davongekommen war. Als ich wenig später meinen Overall glattstrich, fiel mir jedoch etwas sehr Merkwürdiges auf. Am unteren Ende, genauer, an meinem Fußgelenk hing etwas. Ich wollte es abstreifen, da stutzte ich! Es war ein elektronischer Finger des Dummys, der neben mir im Fahrzeug saß!

Der alte Stuhl

Tom stand traurig zwischen seinem Erbe. Ein Erbe, das ihm seine Großmutter vermacht hatte. Dieses alte verfallene Haus und einen riesigen Berg Schulden! Tom wusste nicht, was er tun sollte. Immerhin hatte er seiner Großmutter immer geholfen. Auch, als es ihr so schlecht ging, als sie so schwer krank war. Und nun? Sollte er zum Notar gehen, um das Erbe auszuschlagen? Doch er hatte seine Großmutter so sehr geliebt. Sie hatte ihn nach dem Tode seiner Eltern allein großgezogen. Und sie hatte es wahrlich nie leicht gehabt. Wenn er jetzt dieses einzige Bisschen, was sie hatte verschmähte, dann würde er nicht mehr in den Spiegel schauen können. Nein, er musste sich etwas einfallen lassen. Und so trat er das Erbe an. Zwar hatte er erst vor wenigen Tagen seinen Job verloren. Und zwar hatte er mit seinen fünfzig Jahren auch kaum noch eine Chance auf dem Arbeitsmarkt. Doch das interessierte ihn in diesem Augenblick nicht sonderlich. Irgendwie ging es ja immer weiter. Man musste nur irgendwie positiv denken. Am besten ging das beim Saubermachen, dachte er sich. Und so machte er sich an die Arbeit. In der Küche fand er einen Besen. Voller Schwung und Elan begann er, die Zimmer auszufegen. Als er damit fertig war, schob er die alten Möbel zusammen. In der Zeitung suchte er nach einem Antiquitätenhändler. Als der sich die Möbel besah, machte er Tom ziemlich deutlich

189

klar, dass er das Mobiliar keinesfalls ankaufen konnte. Es sei höchstens noch ein Fall für den Müll. Schweren Herzens bestellte er einen großen Müllcontainer und verfrachtete alles dort hinein. Bis auf einen alten wackeligen Stuhl hatte alles auf dem Container Platz. Der Stuhl jedoch wollte und wollte nicht dorthin. Immer, wenn er ihn auf den übervollen Container warf, fiel er herunter. Er ließ sich einfach nicht entsorgen. Genervt und am Ende seiner Kräfte stellte er ihn in eine Ecke des Wohnzimmers und setzte sich kopfschüttelnd darauf. Dann schaute er sich um. Und plötzlich schossen ihm unendlich viele Gedanken durch den Kopf. Er begann zu träumen. Was, wenn er das Haus so einrichten könnte, wie Großmutter es immer wollte? In jedem Raum würde er kristallene Kronleuchter aufhängen. Großmutter hatte damals oft davon geschwärmt. So oft hatte sie sich so etwas gewünscht. Überall ständen kostbare Stilmöbel. Und auf den Fluren lägen die dicksten Teppiche. Ach, wenn er nur diesen einen Wunsch seiner Großmutter erfüllen könnte. Doch als er seine Augen wieder öffnete, sah er nur ein leeres schmutziges Zimmer. Traurig stand er auf und wollte den alten Stuhl in den Keller bringen, um ihn dort zu zersägen. Er griff nach ihm, doch er entglitt ihm und fiel um. Krachend fiel auch noch der Polstersitz heraus. Tom bückte sich, um ihn aufzuheben. Da bemerkte er, dass zwischen den völlig verdreckten Federn irgendetwas klemmte. Vorsichtig zog er es heraus. Es fühlte sich an wie Pergament und war

zusammengefaltet. Als er es auseinanderschlug, staunte er nicht schlecht. Vor seinen Augen enthüllte sich das Bildnis eines wunderschönen jungen Mädchens, ein Ölgemälde. Tom stutzte – ganz entfernt schien das Gemälde seiner Großmutter zu ähneln. Sah sie so in ihrer Jugendzeit aus? Was für eine wunderschöne junge Frau. Sie mochte nicht älter als 20 Jahre alt sein. Und sie  lächelte – beinahe so betörend wie seinerzeit Da Vincis Mona-Lisa. Im linken unteren Rand entdeckte er eine Schrift: Pablo Picasso, Studie eines Mädchens. Am darauffolgenden Tag brachte er das vermeintliche Ölgemälde zu einem ansässigen Kunsthändler. Der fiel beinahe in Ohnmacht, als er das Bild betrachtete. Verzückt verkündete er, dass es sich um ein spätes Werk des Großmeisters Pablo Picasso handelte. Die „Studie eines Mädchens" habe er nie veröffentlicht. Im Krieg sei es verschollen und nie mehr aufgetaucht. Die größten und namhaftesten Galerien hatten es Jahrzehntelang vergeblich gesucht. Man führte es unter „Vermisste Kunstwerke". Als es Tom einer großen Galerie verkaufte, erhielt er Millionen. Er konnte sein Glück kaum fassen und weinte vor Freude.

Er ließ das alte Haus seiner Großmutter sanieren und richtete es so ein, wie sie es sich immer erträumt hatte, mit Stilmöbeln und weichen Teppichen. Und nachts glaubte er die Stimme seiner geliebten Großmutter zu hören – sie sang ein Lied, immer und immer wieder dasselbe:

Ach Pablo, Liebster, ach Liebster mein
Hast mich gemalt in tiefster Nacht
Hast mich um meinen Schlaf gebracht
Ach Du, mein liebster Pablo mein

Der Anhalter

An diesem Freitagabend hatte ich die Nase gestrichen voll. Der Redaktionsleiter rief mich ärgerlich an, weil die Reportage über das neue Schwimmbad noch immer nicht fertig war. Außerdem musste mein Wagen dringend in die Werkstatt. Er gab seit Tagen merkwürdige Geräusche von sich und ich war mir nicht sicher, wie lange er noch durchhalten würde. Doch ich brauchte es dringend für meinen Job. Ziemlich zerknirscht fuhr ich auf die Autobahn. Und das Geräusch wurde lauter und lauter. Ich traute mich gar nicht mehr, das Gaspedal zu betätigen. An der nächstbesten Ausfahrt fuhr ich wieder von der Autobahn herunter, in ein kleines Waldstück hinein. Dort wollte ich in aller Ruhe noch einmal nachschauen. Vielleicht gab es ja eine einfache Erklärung für dieses Geräusch. Unterdessen hatte es zu regnen begonnen und der Waldweg wurde seicht und matschig. Mit meinen leichten Straßenschuhen versank ich regelrecht im Morast. Es hatte keinen Sinn. Genervt schaute ich auf meine Uhr. Die Reportage musste heute noch in die Redaktion. Zu allem Unglück begann es auch noch zu dämmern. Ich stieg wieder ein und wollte losfahren. Plötzlich schlug etwas gegen die Autoscheiben. Ich zuckte zusammen! Was war das, ein Vogel, ein heruntergestürzter Ast? Langsam drehte ich mich um, schaute aus dem Wagen und erschrak! Im strömenden Regen stand regungslos ein alter Mann

193

in zerlumpter Kleidung. Mir lief eine Gänsehaut über den Rücken. Wo kam der denn plötzlich her? Hatte er mich vielleicht beobachtet? Da ich sonst niemanden weitersehen konnte, öffnete ich die Wagentür. Der Alte trat einen Schritt zurück und fragte dann: „Können Sie mich ein Stück mitnehmen?" Ich war erleichtert, dass es keine Fata Morgana war, die da vor mir stand. „Wo wollen Sie denn hin", fragte ich mutig. „Irgendwohin, immer der Nase nach", antwortete der Alte. Misstrauisch schaute ich den Alten an. Ich war mir nicht sicher, ob er mich verkohlen wollte oder den Verstand verloren hatte. Ich konnte ihn aber auch nicht so allein in diesem Wald zurücklassen. Vielleicht sollte ich ihn bei der nächsten Polizeistation absetzen. Kurz entschlossen rief ich: „Steigen Sie ein, ich nehme Sie ein Stück mit." Als er neben mir Platz genommen hatte, machte ich mir Sorgen. Vielleicht war er ja krank? Besorgt fragte ich ihn nach seinem Befinden. Doch der Alte winkte ab und schloss genüsslich seine Augen. Mir sollte es recht sein, da labert er wenigstens nicht so viel, dachte ich nur. Dennoch schaute ich immer wieder misstrauisch zu ihm herüber. Mir war die ganze Sache nicht geheuer. Erstaunt stellte ich fest, dass sich der Wagen sofort starten ließ. Auch das seltsame Motorengeräusch war nicht mehr zu hören. Wie konnte das nur sein? Ich hatte doch gar nichts am Motor gemacht. Unterwegs rief ich in der Redaktion an. Ich entschuldigte mich, dass es mit der Reportage noch etwas dauern könnte. Doch dort

zeigte man sich erstaunt. Der Redaktionsleiter meinte, dass das Material bereits unbeschadet angekommen sei. Der Umschlag mit den Texten sei soeben von einem Boten gebracht worden. Ich begriff gar nichts mehr, konnte keinen klaren Gedanken mehr fassen. So etwas konnte doch nicht möglich sein. War ich am Ende schon so verwirrt, dass ich nicht einmal mehr wusste ... nein ... unmöglich! Vor einem kleinen Polizeirevier irgendwo in einem Dorf hielt ich an. Ich  wollte den Alten so schnell wie möglich loswerden. Zwar wunderte sich der Beamte über mein Anliegen, kam dann aber mit zum Wagen, um den Alten abzuholen. Doch als wir zum Wagen kamen, war der Alte nicht mehr da. Das kleine Polizeirevier stand ziemlich einsam an der Straße. Der nächste Hof lag etwas weiter entfernt. Man hatte eine gute Sicht. Doch der Alte war nirgends mehr zu sehen. Der Beamte warf mir einen vielsagenden Blick zu. Mit der Bemerkung: „Veralbern kann ich mich auch alleine", verschwand er kopfschüttelnd in seinem Revier. Schnell stieg ich in meinen Wagen und fuhr davon. Später erfuhr ich, dass den Umschlag mit meinen Texten ein alter Mann in der Redaktion abgegeben hatte. Und von meiner Autowerkstatt erhielt ich die erlösende Nachricht, dass meinem Fahrzeug nie etwas gefehlt habe. Es sei alles in Ordnung. Irgendwann saß ich zu Hause und schaute zum Fenster hinaus. Dabei fiel mein Blick auf die kleinen Gipsfiguren, die ich vor vielen Jahren von meiner Oma zu Weihnachten

geschenkt bekam. Sie hatte immer gesagt, dass
ich gut auf sie aufpassen sollte. Eine Figur weckte mein ganz besonderes Interesse! Es war die
Figur eines alten Mannes in zerlumpter Kleidung!

Nachtblind

Jn den letzten Jahren hatte sich viel ereignet. Wir verloren unser Haus, unser Vermögen bei der Bank und unsere Jobs. Die Wirtschaftskrise hatte sich tief in unser Leben hineingefressen. Schließlich erkrankte auch noch mein Mann an einer schweren Grippe. Wegen eines angeborenen Herzfehlers räumten ihm die Ärzte keine großen Überlebenschancen ein. Als er starb, fielen wir alle in ein tiefes Loch. Die Kredite, die wir noch abzahlen mussten, stellten schon eine unüberwindbare Hürde dar. Viel schlimmer aber war die quälende Angst und die damit verbundene Frage, wie ich allein meine beiden kleinen Söhne durchbringen sollte. Meine Eltern lebten nicht mehr und zu den Eltern meines Mannes hatte ich kein gutes Verhältnis. Mir blieb nichts anderes übrig, als einen zweiten Nebenjob anzunehmen. Doch ich wusste nicht, wie ich das bewerkstelligen sollte. Nachdem ich morgens die Kinder zur Schule brachte, ging ich in eine kleine Näherei saubermachen. Mittags kamen die Kinder nach Hause und ich wollte für sie da sein. So blieb für einen zweiten Nebenjob nur noch die Nacht. Da ich aber an Nachtblindheit litt, musste ich eine Spezialbrille tragen. Meine alte Brille zerbrach bei meinem Reinigungsjob. Ich brauchte also eine neue. Doch ich hatte kein Geld mehr dafür. An einem regnerischen kalten Tag, die Kinder waren noch nicht von der Schule zurück, setzte ich mich auf eine Bank im nahe gelegenen Park. Die Leere im Kopf war unerträglich. In drei Wochen hatte einer meiner Söhne Geburtstag. Ich wollte ihm ein Fahrrad schenken. Doch wovon? Der Gedanke, meine Kinder irgendwann nicht mehr lachen zu sehen, brach mir fast das Herz. Wie von selbst schossen mir die Tränen übers Gesicht. Und obwohl ich kein gläubiger Mensch war, betete ich das erste Mal und blickte dabei in den wolkenverhangenen Himmel. Plötzlich sprach mich jemand an. Erschrocken drehte ich mich um – neben mir auf der Bank saß eine alte Frau! Sie hatte tiefe Falten im Gesicht und zitterte ein wenig. Unter ihrer alten verbogenen Brille jedoch schauten zwei wache Augen hervor. Ihre Kleidung schien wohl gebraucht zu sein. Sie passte ihr nicht und der graue verwaschene Mantel hatte ganz sicher auch schon bessere Tage gesehen. Plötzlich holte die Alte tief Luft und sprach: „Es wird Regen geben. Sie sollten nicht hier sitzen und traurig sein." Verwundert schaute ich die Frau an. Doch sie lächelte nur und nickte vielsagend mit dem Kopf. Irgendwie hatte ich das Bedürfnis, ihr von meinen Sorgen zu erzählen. Ich wollte kein Mitleid. Ich wollte mich nur einfach jemandem anvertrauen. Gerade wollte ich beginnen, da winkte sie ab und meinte mit nachdenklicher Mine: „Ach wissen Sie, das Leben ist halt so. Mal geht's auf, mal geht's ab. Und es liegt an uns, damit fertig zu werden. Aber glauben Sie mir, so lange wir leben, können wir etwas ändern. Hier nehmen Sie, ich weiß, dass

198

Sie das brauchen." Damit nahm sie ihre verbogene Brille von der Nase und reichte sie mir. „Na nehmen Sie schon. Es ist genau das, was Sie brauchen. Und stellen Sie keine Fragen. Ich wünsche Ihnen Glück!" Ich wusste nicht, was ich sagen sollte, war einfach sprachlos. Wie kam diese Frau dazu, mir ihre Brille zu geben, wo sie doch selbst kaum etwas besaß? Mit einer ungeschickten Handbewegung griff ich nach der Brille, doch sie entglitt mir und fiel herunter. Als ich sie aufgehoben hatte, um sie der Alten zurück zu geben, war sie verschwunden. Ich schaute mich um, doch der Weg vor der Bank war leer. Seltsam, so etwas hatte ich noch nie erlebt. Neugierig betrachtete ich die Brille und setzte sie schließlich auf. Zwar stand sie mir nicht und rutschte immer wieder von der Nase. Aber ich konnte tatsächlich wunderbar damit sehen. Einige Tage später begann ich den Nebenjob. Meine Arbeitszeit belief sich auf drei Stunden ab Mitternacht. In einem herunter gekommenen kleinen Lokal sollte ich das Geschirr abwaschen und ein bisschen saubermachen. Mit der Brille konnte ich wirklich wunderbar arbeiten. Doch schon in der ersten Nacht bemerkte ich noch etwas anderes. Als ich aus dem Lokal kam und nach Hause laufen wollte, vernahm ich laute Schreie. Erschrocken versteckte ich mich in einer Einfahrt. Aus einem Haus kamen zwei Männer gerannt. Der eine schien den anderen zu verfolgen. Was dann geschah, ließ mir das Blut in den Adern gefrieren.

Schnell hatte der etwas jünger erscheinende Mann den anderen eingeholt.
Er zog irgendetwas aus der Jackentasche. Dann stach er damit auf den anderen Mann ein. Laut schreiend brach dieser zusammen. Ich zitterte vor Angst am ganzen Leibe und hatte nur einen Gedanken: Hoffentlich hatte mich der Täter nicht bemerkt. Doch ich hatte Glück. Er schaute sich nur mehrmals um, dann rannte er in Richtung des alten Hafens davon. Doch plötzlich geschah etwas sehr Merkwürdiges. Obwohl sich der Täter immer weiter entfernte, sah ich ihn durch die Brille jedoch noch ganz nah vor mir. Mehr noch, die Brillengläser schienen zu leuchten und beleuchteten das Gesicht des Flüchtenden. Erschrocken riss ich mir die Brille von der Nase. Wie konnte das sein? Hatte ich Wahnvorstellungen? Ich schaute mir die Brille genauer an, wendete sie hin und her. Doch weder leuchteten die Brillengläser noch war das Gesicht des Täters dort zu sehen. Nervös steckte ich die Brille in meine Handtasche. Ich beschloss, am nächsten Tag zum Arzt zu gehen. Offenbar kam ich mit mir selber nicht mehr zurecht. Die restliche Nacht konnte ich kein Auge mehr zu tun. Immer und immer wieder musste ich an meine unfassbaren Erlebnisse denken. Und immer wieder sah ich das Gesicht des Täters vor mir. Wie war es möglich, dass ich ihn durch diese Brille so genau erkennen konnte? Vielleicht litt ich tatsächlich schon an Einbildung? Vielleicht hatten mich die vielen Sorgen um die Kinder und meine Existenzängste

derart mürbe werden lassen, dass ich Dinge sah, die es nicht gab? Jedenfalls ging ich am folgenden Tag zum Arzt. Auf dem Weg dorthin musste ich an einem Polizeirevier vorbei. An einer großen Scheibe neben dem Eingang hingen die Steckbriefe der gesuchten Verbrecher. Noch nie hatte ich mir diese schrecklichen Bilder genauer angeschaut. Aber diesmal blieb ich sogar stehen, um sie zu studieren. Und tatsächlich! Ich erkannte ihn genau! Da hing das Bild des Mannes, den ich in der vergangenen Nacht gesehen hatte. Auf dem Steckbrief stand, dass er ein Serienkiller sei und schon etliche Jahre gesucht wurde. Ich weiß heute nicht mehr genau, woher ich den Mut nahm. Jedenfalls lief ich instinktiv und zielgerichtet in das Gebäude. Aufgeregt beschrieb ich den Kriminalbeamten meine Beobachtungen. Noch am selben Tag konnte der Täter gefasst werden. Er hielt sich in einem Hausboot im alten Hafen versteckt. Tagsüber verkleidete er sich mit einer Perücke und einem falschen Bart. Deswegen konnte man ihn nie finden. Ich war froh, das furchtbare Erlebnis jemandem anvertraut zu haben. Und ich war froh, dass man den Täter endlich gefasst hatte. Noch viel glücklicher aber war ich über die Tatsache, dass auf die Hinweise, welche zur Ergreifung dieses Täters führten, genau 100.000 Dollar ausgesetzt waren!

Unwetter

Es war einer dieser verrückten Tage, an denen man sich wünscht, nie aufgestanden zu sein. Die Redaktion lag mir schon seit Tagen in den Ohren, doch endlich den Bericht über einen Tierhaltungs- Skandal in einer Schweinefarm abzuliefern. Außerdem wollte  mein Chef noch ein Interview mit dem Bürgermeister von mir. Ich hatte ihm versprochen, das Material bis zum Wochenende zu faxen. Und bis zum Wochenende waren es nur noch zwei Tage. Es war ein fürchterlicher Tag- zuerst gab die Kaffeemaschine ihren Geist auf. Dann rutschte mir die Kaffeedose in geöffnetem Zustand aus den müden Händen. Und Ersatz war keiner mehr da. Also hieß es: Wasser trinken und schnellstens zur Schweinefarm fahren, um wenigstens den dortigen Betriebsleiter noch zu einem Statement zu bewegen! Danach wartete der Bürgermeister schon auf mich. Und weil der Tag nichts auszulassen schien, zog nun auch noch ein Unwetter von der übelsten Sorte auf. Die löcherige Landstraße verwandelte sich augenblicklich in einen sumpfigen Feldweg. Immer wieder hielt ich den Wagen an, überlegte, ob ich überhaupt weiterfahren sollte. Es wurde immer dunkler und der Regen klatschte gnadenlos gegen die Autoscheiben. In einer Waldschneise hielt ich den Wagen schließlich an und versuchte, mit dem Handy den Bürgermeister anzurufen. Doch Fehlanzeige, der Akku war leer! „Verdammt", rief ich genervt und warf das Handy ärgerlich auf den Beifahrersitz! Genervt schaute ich durch die regennassen Scheiben auf die Straße hinaus, in der vergeblichen Hoffnung, vielleicht irgendwo eine Telefonzelle zu erspähen. Natürlich war ich mir im Klaren, wie unsinnig dieses Vorhaben sein musste. Nun schien auch noch der Termin in der Schweinefarm zu platzen. Stöhnend schaltete ich das Radio ein. Plötzlich knallte es und ich fuhr erschrocken zusammen. Draußen zog ein heftiges Gewitter auf. Doch da war noch ein anderes Geräusch! Es hörte sich an, als klopfte jemand gegen den Wagen! Weil die Scheiben ganz plötzlich beschlugen, konnte ich nicht sehen, was draußen passierte. Nur die hellen Blitze erhellten kurzzeitig gespenstisch die Szenerie. Mit meiner Hand wischte ich umständlich ein kleines Sichtloch, damit ich wenigstens etwas erkennen konnte. Auf dem Weg vor meinem Wagen schien jemand zu stehen. Da ich nichts Genaues erkennen konnte, öffnete ich vorsichtig die Tür und blinzelte durch den Regen. Und tatsächlich. Am Wagen, halb schon lehnend, stand ein alter Mann in zerrissener Kleidung. Er stützte sich auf einen Stock und konnte sich kaum noch halten. Vermutlich hatte er mit diesem Stock gegen das Auto geklopft. Ich bedeutete dem Alten, doch einzusteigen. Doch der reagierte nicht. Hatte er mich überhaupt verstanden oder war er gar taub? Es half nichts. Ich konnte den Mann nicht hilflos in diesem Unwetter allein stehenlassen und stieg aus. Als ich mir die Jacke über den

Kopf zog, schaute ich wohl sekundenlang zu Boden. Als ich wieder aufsah, war der Alte verschwunden. „Hallo", rief ich laut, „sind Sie noch da? So antworten Sie doch. Sie können doch nicht allein bei diesem Wetter...!" Plötzlich tippte mir jemand auf die Schulter. Ich erschrak mich fürchterlich und fuhr herum! Hinter mir stand der Alte und starrte mich an. Eiskalt lief es mir  den Rücken herunter. Er schien gar nicht nass geworden zu sein, doch seine schmutzige Kleidung hing in Fetzen an ihm herunter. Seine alten Schuhe, die für solch ein Wetter nun wahrlich nicht geeignet schienen, mussten längst total durchweicht sein. Doch sie waren trocken. Irgendwann fand ich meine Beherrschung wieder und fragte ihn, ob er nicht lieber mit ins Fahrzeug kommen möchte. Er wiegte ganz sacht seinen Kopf und wies mit dem Stock in meine Fahrtrichtung. Dann sagte er mit monotoner Stimme: „Fahre hier nicht weiter. Fahre den Umweg oder kehre besser wieder um. Fahre aber auf keinen Fall hier weiter." Ein lauter Donnerschlag brach ihm das Wort ab und ich rannte zurück zum Wagen. Als ich mir die Jacke ausgezogen hatte, wollte ich dem Alten noch ein Zeichen geben, vielleicht doch noch ins Fahrzeug zu kommen. Doch der war wie vom Erdboden verschluckt. Ich schaltete das Fernlicht ein und wischte immer wieder die Scheibe, doch der Alte war nirgends zu sehen. Nur der vom Sturm gepeitschte Regen klatschte auf die schlammige Straße.

Obwohl ich nicht abergläubisch bin, gingen mir doch die beschwörenden Worte dieses Mannes nicht mehr aus dem Sinn. Ich entschloss mich deswegen, umzukehren. Es hatte eh keinen Sinn mehr, weiter zu fahren. Alle Termine waren wegen des starken Unwetters längst geplatzt. Als ich mich bereits auf halber Strecke nach Hause befand, meldete sich plötzlich der Verkehrsfunk mit einer Eilmeldung.  Man sprach von einem Erdrutsch, den es vor wenigen Minuten auf der Straße zur Schweinefarm gegeben hatte. Die Straße sei an dieser Stelle von den Gesteins- und Erdmassen begraben worden. Ich konnte nicht fassen, was ich da hörte. Aber ich war froh, noch einmal mit meinem Leben davon gekommen zu sein. Wäre ich weitergefahren, so hätte es mich hundertprozentig erwischt. Am nächsten Tag konnte man in der Zeitung lesen, dass es tatsächlich einen heftigen Erdrutsch infolge schwerer Regengüsse gegeben hatte. Ein Toter sei zu beklagen. Auch das Foto des Toten hatte man abgedruckt. Es war der alte Mann, der auf der Straße stand und mich gewarnt hatte!

Alpträume

Wer hatte nicht schon einmal einen Alptraum. Und wer war dann nicht heilfroh, nach einem solchen Traum wieder aufgewacht zu sein. Wirklich erklären lässt sich dieses Phänomen bis heute nicht. Aber sind wir nicht manchmal erstaunt, wenn wir etwas erleben, was wir geträumt haben? Julia Simon träumte gern. Ja, sie freute sich sogar schon jeden Abend auf das, was ihr in den Träumen begegnete. Einen Alptraum hatte sie noch nie. Bis zu jener Nacht, in welcher sie sich wünschte, niemals eingeschlafen zu sein. Der Tag verlief für die 35-jährige Sekretärin einer kleinen Rechtsanwaltskanzlei ohne große Probleme. Wie jeden Tag fuhr sie nach der Arbeit noch schnell am Supermarkt vorbei, um ein paar Kleinigkeiten einzukaufen. Da sie allein lebte, brauchte sie nicht viel. Auf die köstliche Tafel Nussschokolade, die sie fast jeden Abend vor dem Zubettgehen genüsslich verzehrte, wollte sie aber auch diesmal nicht verzichten. Als sie die ersehnte Tafel aus dem Regal nehmen wollte, entwich sie ihren Händen und fiel auf den Boden. Ein älterer Herr, der plötzlich neben ihr stand, bückte sich und hob sie auf. Julia bedankte sich und wollte weiter gehen. Da rief der Mann hinter ihr: „Warten Sie einen Moment!" Und da sie es nicht eilig hatte, blieb sie stehen und hörte dem alten Mann zu. Er hatte ein kränkliches fahles und beinahe eingefallenes Gesicht. „Sie sind sehr nett. Was halten Sie da-

von, wenn wir drüben an der kleinen Bäckerei noch einen Kaffee trinken?" Zwar wunderte sich Julia über diese Einladung. Aber einen Kaffee konnte sie nach dem langen Tag wirklich gebrauchen. Irgendwie fand sie diesen alten Mann sympathisch. Dennoch hatte sie ein seltsames Gefühl, als sie ihn so vor sich sah. Er sprach von seiner Frau, die schon seit zehn Jahren tot war.  Die Ehe blieb kinderlos, worüber er sehr traurig schien. Als er sich verabschiedete, sagte er etwas sehr Merkwürdiges: „Passen Sie immer gut auf sich auf. Und achten Sie auf Ihre Träume." Lange dachte Julia noch an diese letzten Worte. Was konnte er damit gemeint haben? Nachdem sie Ihre allabendliche Nussschokolade verzehrt hatte, fiel sie todmüde ins Bett. Und wie immer schlief sie schnell ein. Doch in dieser Nacht war alles anders. Im Traum sah sie sich in einer fremdartigen Welt. Alles um sie herum erschien düster und trübe, ja sogar bedrohlich. Ganz allein stand sie auf einer großen Wiese. Auf einer kleinen Anhöhe sah sie ein altes verfallenes Haus. Irgendetwas trieb sie magisch dorthin. Wie selbstverständlich betrat sie das Haus. Durch die zerbrochenen Fensterscheiben pfiff der Wind und bewegte dabei herumhängende Spinnweben hin und her. Das Gebäude schien verlassen. Keine Möbel, keine Gegenstände, die Ruine war leer. Durch eine knarrende löchrige Holztür gelangte sie zu einer Treppe. Sie führte hinunter in den Keller. Hier war es stockdunkel. Aus der Manteltasche holte Julia eine Taschenlampe und schaltete sie ein. Die Kellertreppe führte zu einem großen Raum. In der Mitte des Raumes gähnte ein Loch. Langsam schritt sie darauf zu und leuchtete mit der Taschenlampe hinein. Wie in einem Kessel hatte sich dort unten eine Menge Wasser angesammelt. Was sie jedoch dann sah, ließ ihr das Blut in den Adern gefrieren. Aus dem Wasser ragte eine knochige Hand und wies geradewegs in ihre Richtung. Panisch und so schnell sie konnte rannte sie die Treppe wieder hinauf, dann zerfloss alles vor ihren Augen! Schweißgebadet wachte sie auf. So etwas hatte sie wirklich noch niemals geträumt. Noch immer zitterte sie am ganzen Leibe. Aufgeregt sprang sie aus dem Bett und lief in die Küche, um sich ein Glas Wasser zu holen. Dann setzte sie sich auf einen Stuhl und atmete erst einmal tief durch. Unendlich viele Fragen schossen ihr plötzlich durch den Sinn. Warum dieser furchtbare Traum? Und was hatte er zu bedeuten? Hatte der Alte nicht gesagt, sie sollte auf ihre Träume achten? Wie hatte er das gemeint? Oder war das alles nur Einbildung? Als sie sich wieder beruhigt hatte, legte sie sich zurück ins Bett, um vielleicht doch noch ein wenig zu schlafen. Doch als sie die Augen schloss, tauchte sie wieder in den gleichen Traum ein wie eben. Der Rasen, das alte Haus, die knochige Hand. Diesmal hielt sie aber irgendetwas fest in seinem Bann. Sie konnte einfach nicht aufwachen. Es war beinahe so, als ob sie noch etwas Entscheidendes träumen sollte. Und so war es dann auch. Als sie wieder über

den endlos scheinenden Rasen lief, tauchte vor ihr plötzlich eine Ampelkreuzung auf. Sie kannte diese Kreuzung. Jeden Morgen musste sie dort entlang, um zu ihrer Arbeitsstelle zu gelangen. Doch etwas Merkwürdiges war da noch. Immer wieder hörte sie eine Stimme, die ihr ebenfalls sehr bekannt vorkam. Es hörte sich so an, als ob der Alte, den sie am Vortage im Supermarkt getroffen hatte, zu ihr sprach. Mit einer seltsam monotonen Stimme sagte er zu ihr: „Du musst mich finden, sonst sterbe ich." Schließlich löste sich die merkwürdige Szenerie auf und sie erwachte. Irritiert schaute sie sich um. Glücklicherweise war dieser Alptraum zu Ende. Doch was sollte sie jetzt tun? Alles vergessen? Sie erinnerte sich, dass alles, was sie eben geträumt hatte, so real erschien. Beinahe so, als ob es tatsächlich passiert sei. Als sie an diesem Morgen aus dem Haus ging, fühlte sie sich nicht nur unausgeschlafen.

Nein, immerzu musste sie an diesen fürchterlichen Traum denken. Sollte sie vielleicht jemandem davon erzählen? Was, wenn man ihr nicht glaubte? Würde man sie nur belächeln? Obwohl sie sich immer wieder zwang, den Alptraum zu vergessen, drängte er sich doch immer wieder auf. An der Ampel verpasste sie deswegen sogar die Grün-Phase und musste warten. Dabei schaute sie zur gegenüberliegenden Straßenseite. Ihr Blick fiel auf eine große Wiese und plötzlich durchzuckte sie es wie ein Blitz! Die Wiese erstreckte sich über einen angrenzenden kleinen

Hügel bis hin zu einem alten Haus. Und plötzlich bemerkte sie es – auch die Kreuzung glich aufs Haar der aus ihrem Traum! Warum war sie nicht schon eher darauf gekommen? Diese Kreuzung, die große Wiese, das alte Haus, alles wie in ihrem Traum! Aber wieso? Als es Grün wurde rannte sie über die Straße und lief über die Wiese bis zum Haus. Es ähnelte verblüffend der Ruine aus ihrem Traum. Die Tür war nur angelehnt. Vorsichtig trat sie ein. Lebte hier noch jemand? Die alten Dielen knirschten laut unter ihren Füßen. Hoffentlich hatte sie keiner gehört. Doch ihre Angst war unbegründet. Das Haus schien unbewohnt. Jedenfalls waren die Zimmer leergeräumt. Und erst jetzt fielen ihr auch die zerbrochenen Fensterscheiben auf. Es war alles wie in ihrem Traum, wie auch der Wind, der durch die zerbrochenen Scheiben säuselte und die Spinnweben davor hin und her bewegte. An der Kellertür entdeckte sie ein zerrissenes Schriftstück. Es war ein Brief, der an einem rostigen Nagel hing. Die obere Hälfte hatte jemand abgerissen. Doch unten konnte man noch etwas entziffern. Verdutzt las Julia, dass das Haus in Kürze abgerissen werden sollte. Enttäuscht, vermutlich doch einem Irrtum unterlegen zu sein, wollte sie das Haus wieder verlassen. Da bewegte sich knarrend die Kellertür. Die Zugluft musste sie geöffnet haben. Zwar spürte sie, wie ihr das Herz in die Hose rutschte, doch ihre Neugierde ließ sie die Tür ganz öffnen. Ihr fiel ein, dass sie für Notfälle immer eine kleine Taschenlampe mit sich

führte. Nervös kramte sie die Lampe aus ihrer Handtasche und leuchtete damit in die gähnende Schwärze des Kellerganges. Mutig, jedoch vorsichtig schritt sie die schmale steinerne Treppe hinab. Es roch muffig und feucht. Das Atmen fiel immer schwerer. Als sie unten angekommen war, tappte sie zunächst in eine Pfütze. Sofort drang das kalte Wasser in ihre leichten Sommerschuhe. „Mist", rief sie laut und blieb stehen. Das war auch ihr Glück. Denn als sie den Raum vor sich ausleuchtete, erschrak sie. Vor ihr tat sich ein tiefes Loch auf. Und sofort hatte sie die Bilder ihres Traumes wieder im Kopf. Dieses Loch da ähnelte verblüffend dem in der Ruine aus ihrem Traum. Eigentlich wäre sie schon lange voller Angst davongerannt. Aber ihre unglaubliche Neugier ließ sie wie angewurzelt stehen bleiben. Irgendein lautes Geräusch, welches ganz aus ihrer Nähe kommen musste, irritierte sie. Es hörte sich an, als ob jemand mit einem Hammer … doch halt, das war kein Hammer! Das war ihr Herz, welches ihr bis zum Halse schlug. Noch einmal atmete sie tief durch und leuchtete mit der Lampe in das Loch hinein. Und tatsächlich, wie in ihrem Traum hatte sich am Grund eine Menge Wasser angesammelt. Doch was war das? Julia schaute genauer hin! Im Wasser zuckte etwas – es war ein menschlicher Körper! Mit einem heftigen Aufschrei rannte sie die rutschigen Stufen wieder hinauf, rannte aus dem Haus, über den Rasen, hinunter zur Straße! Mit allerletzter Kraft schaffte sie es noch bis zum nahe gelegenen

Polizeirevier. Atemlos und völlig entkräftet schilderte sie dort ihre furchtbaren Erlebnisse. Es stellte sich heraus, dass das verfallene Haus einem alten Mann gehörte. Das Haus sollte am darauf folgenden Tag abrissen werden. Der Alte war noch einmal gekommen, um etwas aus dem Keller zu holen. Dabei war er auf der Treppe ausgerutscht und in das Loch gefallen. Hätte Julia ihn nicht rechtzeitig gefunden, wäre er vermutlich gestorben. Tage später ging Julia ins Krankenhaus, um den alten Mann zu besuchen. Schockiert stand sie vor dem Krankenbetest! Es war der alte Mann aus dem Supermarkt!

Therapie

Philadelphia, 1961

Ich hatte es nicht mehr für möglich gehalten, endlich schwanger geworden zu sein. Nachdem sogar meine Ehe auf dem Spiel stand, konnte ich wieder frei atmen. Jim war so ein fürsorglicher Mann. Trotzdem schienen die letzten Jahre nicht spurlos an uns vorüber gegangen zu sein. Mehr und mehr spürte ich, wie meine Kräfte nachließen. Erst wollte ich es vor Jim geheim halten. Doch meine täglichen Weinkrämpfe und meine ständigen Angstzustände blieben auch Jim nicht mehr länger verborgen. Er machte sich große Sorgen um mich. Eines Tages schließlich klappte ich zusammen. Jim fuhr mich ins Krankenhaus. Ich hatte neben meinem schlechten Allgemeinzustand noch eine ganz andere Sorge. Hoffentlich würde mein Kind keinen Schaden davontragen! Die Ärzte beruhigten mich, rieten mir aber, mich schnellstmöglich in eine Therapie zu begeben. Außerdem verschrieb man mir ein angeblich verträgliches Beruhigungsmittel, welches ich unbedingt jeden Tag einnehmen sollte. Weil ich es jedoch erst einmal mit einer Therapie versuchen wollte, legte ich das Medikament in die Schublade. Irgendetwas hielt mich ständig davon ab, es zu nehmen. Damals ahnte ich noch nicht, wie wichtig meine Entscheidung sein würde. Nach drei Tagen wurde ich aus dem Krankenhaus entlassen. Zusammen mit Jim suchte ich nach einem Therapeuten. Doch auch das gestaltete sich mehr als schwierig. Wir hatten einfach nicht so viel Geld, um die hohen Preise zu zahlen. In einer herunter gekommenen Seitenstraße fanden wir schließlich, was wir suchten. Eine preiswerte Praxis. Das alte Haus schien eine unbewohnte Ruine zu sein.  Lediglich die vermeintliche Praxis gab es noch. Sie befand sich in der zweiten Etage. Die Haustür knarrte erbärmlich und hing zerbrochen in den Angeln. Im Treppenhaus sah es noch schlimmer aus. Überall lag Unrat, und die alten Holzstufen knirschten bedenklich unter unseren Füßen. Wir wussten nicht, ob wir umkehren oder weiter gehen sollten. Doch irgendwie waren wir froh, nach der endlosen Suche trotz allem doch noch fündig geworden zu sein. Eine Klingel gab es nicht an der teilweise zersplitterten Praxistür. Es dauerte eine Weile, bevor man ein Lebenszeichen von drinnen vernehmen konnte. Schließlich öffnete sich die Tür einen winzigen Spalt und der Kopf einer alten Frau zwängte sich hindurch. Mit durchdringenden Blicken musterte uns die Alte. „Haben Sie einen Termin", fragte sie dann bestimmend. Ich verneinte. „Na macht nichts. Kommen Sie rein", damit öffnete sie die Tür. Verwundert schaute ich mich um. Hier musste schon lange kein Patient mehr gewesen sein. Überall blätterte der Putz von der Wand. Unzählige Spinnweben wehten zwischen den alten Möbeln hin und her. „Sind Sie sicher, dass wir hier richtig sind", fragte ich irritiert. Die Alte lächelte nur und bat uns Platz zu nehmen. Dann fragte sie nach dem Grund unseres Besuches. Ich war derart verwirrt, dass ich nur herumdruckste. Die Alte bemerkte das und beruhigte mich: „Sie dürfen sich nicht täuschen lassen von der alten Praxis. Aber ich habe nicht mehr die Kraft, alles noch einmal renovieren zu lassen. Ich bin alt und nehme nur noch wenige Patienten. Allerdings kommt auch kaum noch jemand in diese Gegend. Doch das stört mich nicht. Ich lebe noch und freu mich dran." Ich wunderte mich sehr über diese Worte. Trotzdem lag in ihrer Stimme etwas unglaublich Befreiendes. Ich kann es heute nicht mehr erklären. Doch obwohl ich mich in diesem Abrisshaus nicht so recht wohl fühlte, war ich doch neugierig darauf, was mich noch erwartete. Und wie gesagt, das Geld spielte keine unerhebliche Rolle bei meiner Neugierde. Jim nahm es eher gelassen hin. Nach seiner anfänglichen Scheu hatte er sich erstaunlich schnell alles gewöhnt. Und so erzählte ich der Alten von meinen Sorgen und Ängsten. Ich spürte dabei, wie ich zu zittern begann. Selbst das Erzählen nahm mich sehr mit. Die Alte schaute mich besorgt an. Dann meinte sie: „Wissen Sie, als ich damals in diese Stadt kam, und ich war so jung wie Sie jetzt sind, hatte ich auch solche Ängste. Ich wusste nicht mehr genau, ob ich bleiben sollte oder lieber wieder heim zu meinen Eltern nach Boston fahren sollte. Ich lernte damals einen jungen Chemiestudenten kennen. Geld hatten wir keines. Und als ich dann auch noch schwanger

wurde, oh, das war schon sehr übel. Trotzdem
haben wir es geschafft. Mit einem eisernen Willen und einer Portion Mut haben wir uns hier
eingerichtet. Glauben Sie mir, es hat viele Jahre
gedauert, bis mein Mann etwas verdiente. Und
es dauerte noch länger, bis ich meine Praxis hier
eröffnen konnte. Reich sind wir dabei nicht ge-
worden. Aber glücklich, verstehen Sie mich?
Egal, was Ihnen auch widerfährt, kehren Sie
nicht um. Gehen Sie weiter. Irgendwo wartet das
Glück auf Sie. Aber Sie müssen beharrlich weiter
gehen, niemals stehen bleiben. Sonst finden Sie
es nicht." Ich schaute zu Jim. Der saß mit offe-
nem Mund da, und ich glaubte, eine winzige
Träne in seinen Augenwinkeln zu erkennen. In
meinem Herzen breitete sich eine seltsame Wärme aus. Solch ein Gefühl kannte ich schon seit
Ewigkeiten nicht mehr. Leise stöhnend lehnte ich
mich zurück. Der Stuhl knarrte bedenklich bei
meinen Bewegungen. Doch die Alte lächelte nur.
Dann hustete sie laut und sagte: „Ja, Sie werden
glücklich, glauben Sie mir. Nur eines müssen Sie
mir versprechen. Lassen Sie sich niemals hängen.
Bleiben Sie stark und sich selbst immer treu. Und
nehmen Sie niemals Medikamente, die sie nicht
kennen. Dann werden Sie all das erreichen, was
Sie sich vorgenommen haben. Aber nehmen Sie
es mir jetzt nicht übel. Ich bin müde. Kommen
Sie nächste Woche wieder." Ich nickte und spürte beim Verlassen des alten Hauses eine nie ge-
kannte Kraft in mir. Sie strömte durch meinen
gesamten Körper und ich wusste, dass ich mit

dieser unglaublichen Kraft alles erreichen würde. Trotzdem konnte ich mir das alles nicht erklären. Schon in den folgenden Tagen ging es mir wieder besser. Ich bekam mein Baby und Jim gewann 50.000 Dollar in der Lotterie. In die Praxis musste ich nicht mehr gehen. Und das vermeintliche Beruhigungsmittel, welches mir die Ärzte verschrieben hatten, warf ich weg. Ich brauchte es nicht mehr. Mein Kind war gesund und ich konnte wieder arbeiten gehen. So verging ein Jahr. Mehr und mehr keimte in mir der Wunsch, noch einmal zu der alten Frau zu fahren, um ihr zu berichten, wie es mir ergangen war. Doch weder einen Hinweis noch die Praxis selbst fand ich in der Ruine. Alle Räume waren verfallen und leer. Vor dem Haus saß ein Bettler und betrachtete mich misstrauisch. Obwohl ich solchen Menschen bisher immer aus dem Wege ging, überwand ich diesmal meine Angst und fragte ihn nach der vermeintlichen Praxis. Der schaute mich nur ungläubig an und meinte dann, dass hier noch nie eine solche Praxis gewesen sei. Als ich ihm von meinem Erlebnis berichtete, wurde er recht ungehalten. Er beharrte darauf, dass hier nie eine Praxis gewesen sei und er eine alte Frau in diesem Hause noch niemals gesehen habe. Enttäuscht und traurig fuhr ich wieder nach Hause. Tage später las ich einen Bericht in der Zeitung. Es ging um eine bedeutende Hirnforscherin, die vor hundert Jahren bei einer Schiffskatastrophe ums Leben kam. Unter dem Artikel hatte man ein Bild von ihr abgedruckt. Ich er-

kannte sie genau! Es war die alte Frau aus der Praxis! Außerdem stand da noch etwas über einen Arzneimittel-Skandal. Das Medikament, welches so verheerende Wirkungen aufwies, hieß Contergan. Es war genau das Medikament, welches ich damals weggeworfen hatte!